돈
말
글

그래도 괜찮은 오늘을 만드는
최소한의 습관

돈
말
글

정은길 지음

한국경제신문

'나는 나를 지켜줄 수 있는 사람인가?'
'나는 나를 지키기 위해 지금 어떤 노력을 하고 있나?'

만약 지금까지 이런 질문에
진지하게 답해본 적이 없다면 이제라도 해봐야 한다

온전히 나다워지는 일에는 수많은 흔들림이 있겠지만,
그 흔들림 속에서 이러한 질문들이
나만의 중심을 잡는 데 도움을 줄 것이다.

나는 나를
얼마나 지켜줄 수
있을까?

케이블 TV의 한 예능 방송에 외제차 렌트를 위해 매달 200만 원가량 돈을 쓰는 남자가 출연했다. 자신이 버는 돈보다 더 많은 돈을 쓰는 그는 시도 때도 없이 대출을 받는다고 했다. 삶을 즐기기 위해 제2, 제3 금융권의 돈까지 빌린다는 그의 나이는 28세였다. 그에게 방송인 서장훈 씨는 이런 조언을 했다.

— 내가 약 15년 동안 프로 농구 선수 생활을 하며 열심히 돈을 모았어. 그래서 가장 행복한 게 뭔지 알아? 남한테 아쉬운 소리를 안 할 수 있다는 거야. 그게 얼마나 다행이고 감사한 일인지 몰라. 뭘 사고, 뭘 먹고 하는 게 아니라 남한테 그런 말 안 해도 되는 게 좋은 일이야.

'나는 나를 얼마나 지켜줄 수 있는 사람인가?'
'나를 제대로 지키기 위해 지금 어떤 노력을 하고 있나?'
'미래의 나를 위해 지금의 나는 어떤 선택을 하고 있나?'
만약 지금까지 이런 질문에 진지하게 답해본 적이 없다면 이제라도 해봐야 한다. 여기서 말하는 노력이란 단순히 재테크 차원의 문제가 아니다. 돈이 많다고 절대적인 행복이

보장되지는 않는다. 그보다는 더 건강하고 행복한 관계를 맺는 방법을 찾아나가야 한다. 무엇과의 관계냐고? 나는 이 책에서 '돈', '말', '글' 이 세 가지와의 관계를 말하고 싶다. 살아가는 데 꼭 필요한 '돈', 나를 제대로 표현하기 위해 꼭 필요한 '말', '글'과 올바른 관계를 맺을 수 있다면 나를 지키는 데 큰 힘이 되지 않을까?

돈과의 관계: 돈의 위에 서자

돈과 건강한 관계를 맺으려면 돈을 내 밑에 두고 부릴 수 있어야 한다. 돈이 나를 위해 일하게 하고 나를 위해 존재하게 만드는 것이다. 하지만 많은 사람들이 이와 정반대의 관계를 맺고 있다. 더 많은 돈을 모으려고 나를 위해 돈 한 푼 쓰는 데도 절절매거나 돈을 불리기도 전에 가치 없는 소비로 돈이 술술 새어나가게 한다.

　그러다 보니 돈 때문에 불행하다고 느끼는 사람도 너무 많다. TV를 보면 예능 프로그램에서는 연일 으리으리한 집에 사는 연예인들의 일상이 소개되고 뉴스에서는 부동산 정책에 대한 비난 여론과 천정부지로 치솟는 집값을 보도한

다. SNS에는 돈 걱정 없이 취미 생활이나 맛집, 여행을 즐기는 사람들로 차고 넘친다. 그들과 내 삶을 비교하다 보면 내 불행은 모두 돈이 없기 때문에 생긴 것만 같다. 그 결과 돈만 좇게 되고 돈과의 관계에 대해서는 깊이 고민하지 않게 된다.

돈은 어디까지나 수단이다. 내가 원하는 것을 얻기 위한 교환의 대가로 사용할 뿐이다. 지금껏 돈을 얼마나 벌었고 얼마나 축적했느냐를 따지기 전에 내가 돈보다 우위에 있는지, 돈을 목적으로 착각해 돈에 휘둘리고 있지는 않는지를 먼저 따져보면 좋겠다. 지금의 내가 미래의 나를 제대로 지키기 위해서는 그 고민이 빠져서는 절대 안 된다. 돈은 있다가도 없고 없다가도 있다는 말도 있지 않은가. 아무 희망도 없다고 생각될 때마다 무너지지 않으려면 돈과의 건강한 관계가 무엇인지 분명하게 인식하고 있어야 한다.

말과의 관계: 내 마음에 초점을 맞추자

말과 건강한 관계를 맺으려면 먼저 말을 잘하는 것이 무엇인지에 대한 정의를 다시 내려야 한다. 조금도 떨지 않으면서 조리 있게, 게다가 발음과 목소리까지 끝내주게 구사하며 청산유수로 말하는 사람만이 말을 잘하는 것은 아니다. 말을 잘하는 모습이 이런 이미지에 갇혀 있으면 말과 건강한 관계를 맺기 힘들다. 그렇게 말할 수 있는 사람은 거의 없기 때문이다.

말투, 발음, 목소리 크기, 호흡, 시선 같은 '기술'은 다소 투박해도 괜찮다. 내가 하고 싶은 말이 상대에게 제대로 전달될 수만 있다면 말이다. 말을 잘한다는 것은 내 메시지가 잘 전달되는 것이다. 그 단계에 도달했다면 그때 가서 말하기 스킬을 연습해도 결코 늦지 않다. 말은 기술이 아닌 진심이다. 이것만 잊지 않으면 말과의 관계는 몰라보게 건강해진다.

문제는 내 진심이 있는 그대로 전해지지 못할 때가 많다는 점이다. 나를 어필해야 할 때 제대로 말하지 못해서 좋은 기회를 놓치고, 오해를 풀어야 할 때 대충 얼버무리다가 이상한 사람이 되고 말았던 적은 없는가. 그럴 때 '나는 왜 이렇게 말을 못할까' 하고 좌절했을지 모르지만 사실 하고 싶은 말이 제대로 전달되지 않는 이유는 따로 있다. 내가 말을 못해서가 아니라 내 말을 듣게 될 사람의 눈치를 먼저 봤기 때문이다.

'내가 하는 말이 이상하게 들리지 않을까?', '내가 이렇게 말하면 저 사람은 어떻게 생각할까?' 이런 것들을 고민하며 진짜 하고 싶은 말은 꿀꺽 삼킨다. 그러다 결국 이 말도, 저 말도 못하는 사람이 되고 만다. 내 입으로 하는 말을 어려워하는 관계를 맺고 마는 것이다.

하고 싶은 말을 참으면서 말을 잘하기 바라는 건 앞뒤가 맞지 않는다. 괜히 발음이나 목소리로 트집 잡지 말고 무슨 말을 할지 그 메시지에 집중해야 한다. 진심을 담아 메시지를 전달할 수 있다면 우리의 말하기는 눈에 띄게 달라진다. 내 말을 듣는 상대방을 배려하는 것과 눈치를 보는 것은 엄연히 다르다.

글과의 관계: 쓰는 사람이 즐거워야 한다

글과 맺는 건강한 관계는 한마디로 치유여야 한다. 그동안 자기소개서나 보고서처럼 '의무적인 글'을 쓰느라 힘든 길을 걸어온 사람이 많을 것이다. 소수의 사람에게 읽히고 묻히는 죽은 글을 쓰기 위해 보낸 시간들을 생각하면 글쓰기를 즐겁게 생각하는 게 오히려 이상할 정도다.

하지만 글에는 치유의 힘이 있다. 자신에 관한 글을 쓰며 트라우마나 상처를 극복한 경험이 있는 수많은 작가들이 입을 모아 하는 이야기다. 나 역시 내 이야기를 세상 밖에 내놓으며 계속 글을 쓸 힘을 얻었다. 요즘은 드라마 작가 교육원에 다니며 스토리 쓰기를 배우고 있는데 담임 선생님도 글을 쓸 때는 '쓰는 사람'의 즐거움에 가장 큰 비중을 둬야 한다는 조언을 해줬다.

"아마 드라마를 쓰면서 돈을 벌고 싶을 거야. 회당 얼마 받는 작가들 이야기 많이 들어봤을 테니. 근데 글은 쓰는 사람이 즐거워야 해. 쓰는 사람이 즐겁지 않으면 아무 소용이 없어."

이 이야기를 들은 날, 나는 비로소 글과 건강한 관계를 맺는 비밀을 알게 된 듯했다. 잘 쓰고 싶은 마음보다 더 중요한 건 바로 쓰는 사람의 즐거움이다! 그 즐거움이 글을 쓰는 사람의 아픔을 치유해주고 삶의 균형을 잡아주며 내일의 희망까지 비춰준다는 생각이 든다. 내 마음속 깊은 목소리를 글로 쓸 수 있는 사람이라면 시간이 지날수록 점점 더 단단해지는 자신을 발견할 수 있게 될 것이다. 글과의 건강한 관계를 통해서 말이다.

돈 말 글

이렇게 돈, 말, 글이 어렵지 않은 사람이 되면 남의 의견에 이리저리 휘둘리지 않을 수 있다. 또 내가 원하는 대로 삶의 방향을 설정할 수 있다. 이것이 내가 3년 넘게 네이버 오디오클립 〈정은길 아나운서의 돈말글〉 채널을 진행하며 얻은 결론이다. 이제는 이 메시지를 영상으로도 담아 유튜브 채널 〈정은길의 돈말글 연구소〉도 운영하고 있다.

사람마다 삶에 꼭 필요한 습관을 다르게 꼽을 수도 있다. 아침에 일찍 일어나기나 독서, 운동이 될 수도 있다. 만약 아직 그 습관을 만들지 못해 고민 중이라면 이 책과 함께 돈, 말, 글부터 다잡아보는 건 어떨까? 온전히 나다워지는 일에는 수많은 흔들림이 있겠지만, 그 흔들림 속에서 나만의 중심을 잡는 데 돈과 말과 글이 제법 도움이 될 것이다.

그 래 도
괜 찮 은
오 늘 을
만 드 는
최소한의
습 관

돈 말 글

차
례

1
풍족한 삶은 어떻게 완성되는가

2
말하기의 어려움을 극복하려면

3
쓰고 싶지만 쓰지 못하는 나를 움직이는 법

풍족한 삶은 어떻게 완성되는가

1

내 돈 그릇은 얼마나 클까?

○ ●

저자는 이렇게 얘기해요. 오늘 내가 하는 경험, 돈과 맺는 관계가 결국
내 삶의 질과 돈의 그릇을 좌우한다고요. 신용은 내가 하루하루 돈과
관계를 맺으며 만들어낸 행동의 결과물이잖아요. 학교에 가서 열심히
공부하고 친구들과 약속을 지키고 직장에서 착실하게 일하고 이런 모
든 행동이 결국에는 신용을 얻기 위해 하는 행동이라고도 해요. 결국
신용을 높이려면 하루하루를 헛되이 보내지 않는 것이 중요하다고 말
입니다.

이즈미 마사토, 《부자의 그릇》(다산3.0, 2015) 변민아 에디터 인터뷰 중에서

_____ 나는 약속에 유난히 민감한 편이다. 시간 약속을 잘 안 지키는 사람, 일정을 자주 어기는 사람을 상당히 싫어한다. 습관적으로 약속 시간을 못 지키는 사람과는 인연을 끊어야 하나 심각하게 고민할 정도다.

한번은 대학 때 MT를 갔다가 옷에 술을 쏟은 한 선배에게 반바지를 빌려준 적이 있었다. 선배는 급하게 오느라 옷을 하나도 못 챙겨왔다며 어쩔 줄 몰라했다. 다행히 내게 여분의 옷이 있어서 그 옷을 내어줬고 선배가 옷을 갈아입은 뒤 술자리는 계속 이어졌다.

"바지 고마워. 깨끗이 빨아서 다음에 만날 때 돌려줄게."

다음 날 나와 헤어지며 선배는 호언장담했다. 그런데 얼마 후 학교에서 만난 선배는 다른 말을 했다.

"미안. 깜빡하고 안 가져왔네. 다음에 꼭 가져다줄게."

그 후로도 같은 말을 수차례 반복하던 선배는 급기야 나를 피해 다니는지 얼굴을 보기조차 힘들어졌다. 나는 내 옷을 돌려받는 게 그렇게 힘든 일이 되리라고는 전혀 상상하지 못했다. 반바지가 아까운 건 둘째치고 왜 어렵지도 않은 약속을 지키지 않는지 도무지 이해가 가지 않았다. '옷이 갖고 싶은 건가?' 하는 생각도 해봤지만 그 반바지는 거리에서 쉽게 구할 수 있는 저렴한 보세 옷이었다. 만 원도 안 하는 옷을 갖겠다고 구차하게 숨어 다니는 게 납득되지 않았다.

끈질긴 집념으로 끝내 반바지를 받아냈는지, 아니면 그 선배의 뚝심에 내가 포기했는지 지금은 기억나지 않는다. 그 선배의 이름조차 잊었다. 하지만 몇 번이나 사소하고 당연한 약속을 어긴 그 선배의 이상한 행동만큼은 또렷이 기억난다. 아마 앞으로도 잊지 못할 것 같다.

이름조차 흐릿한 그 선배는 여전히 내 마음속에 '상종 못할 사람'으로 남아 있다. 싸구려 반바지 하나로 그녀의 신용도가 형편없이 떨어진 것이다. 만약 그 선배가 내게 돈을 빌려달라고 했다면? 나는 콧방귀를 뀌며 비웃었을 것이다. 몇 번이나 약속을 어기고 신용을 하찮게 여기는 태도는 내 마음의 문을 굳게 닫아버리기에 충분했다. 과연 현재 다른 사람들에게 그녀의 신용도가 얼마나 될지 궁금하다.

아무튼 내 성격이 이렇다 보니 일을 하면서 생기는 마감이나 일정에도 예민하게 반응한다. 매주 연재하는 칼럼 마감, 2016년 12월부터 제작해온 오디오클립 콘텐츠 업로드 일정, 책 원고 일정을 어겨본 적이 거의 없다.

돈 말 글

그래서인지 같이 일하는 사람들이 약속에 둔감하면 그게 그렇게 화가 난다. '그래, 사람이 하는 일이니 약속은 틀어질 수도 있지' 하고 이해해보려고 노력하지만 결국 화가 치민다. 특히 약속 당일이 됐는데도 감감무소식일 때는 단전에서부터 끓어오르는 뜨거운 분노에 휩싸이기도 한다. 기다리다 지친 내가 먼저 연락을 하면 '아직 다 못했다'는 당당한(?) 답변이 돌아와 속에서 천불이 났던 적도 많다.

이런 성향이 방송국에서 일하며 생긴 직업병은 아닐까 생각해보기도 했다. 1초만 늦어도 방송 펑크, 3초만 블랭크가 생겨도 방송 사고인 곳에서 유난히 시간에 집착하게 된 건 아닐까. 그 영향이 아예 없다고 할 순 없겠지만 시간 개념이 없는 방송국 사람도 몇몇 있는 걸 보면 꼭 그런 것만은 아닌 것 같다.

그러다 최근 학교 과제(지난 2019년 가을 학기부터 사이버대학교에 다니고 있다)를 하며 새롭게 깨달은 사실이 있다. 상담심리학과 수업 중 심리학개론 교수님이 내준 과제였다. 자신의 성격적 특성은 무엇이고 유전이나 환경의 영향 등을 고려해 그 특성이 어떻게 형성됐는지 적어보라는 것이었다.

긴 고민 끝에 찾은 답은 '엄마'였다. 엄마는 나와의 약속을 제대로 지킨 적이 별로 없었다. 초등학교 2학년 때부터 할머니, 할아버지와 살았던 나는 아주 가끔 만나는 엄마와 보내는 시간이 더없이 소중했다. 하지만 어른이었던 엄마의 삶에는 변수가 너무 많았다. 나를 만나는 것보다 중요한 약속이 생기면 나와의 약속은 다음으로 미루거나 나를 데리고 다른 약속 장소에 나가기도 했다. 내가 서운해하거나 화를 내면 엄마는 "사람이 살다 보면 그럴 수도 있지"라는 말로 약속을 어긴 자신의 행동을 쉽게 정당화했다.

살다 보면 정말 그럴 수도 있는 걸까? 내가 성인이 되고 결혼을 한 뒤에도 엄마의 태도는 그대로였다. 언제 어디서 뭘 먹을지 세세하게 정해 예약까지 해놓은 외식 약속이 있을 때도 아무렇지 않게 식당과 메뉴를 바꾸거나(장소가 바뀌면서 주차나 도로 사정 때문에 종종 애를 먹었다), 집들이나 명절처럼 여러 사람이 모이는 행사가 있을 때는 돌연 참석하는 사람 수가 달라지거나(기껏 음식과 선물을 인원수에 맞춰 준비한 나는 뭐가 되는 것인가) 하는 일이 빈번하게 일어났다. 원래의 계획이 틀어졌다고 내가 화를 내면 엄마는 "넌 별것도 아닌 일에 참 유난이다" 식의 반응을 보였다.

엄마가 한 번이라도 미안하다고 사과했다면 내가 이렇게

돈 말 글

까지 신용이나 약속에 집착하는 사람이 되지 않지 않았을까? 엄마가 나를 유연성 없고 유난스러운 사람으로 몰아갈 때마다 나는 반대로 신용과 약속을 저버리지 않는 사람이 되기 위해 그렇게 발버둥 친 게 아니었나 싶다.

결과적으로 약속을 대하는 내 태도는 돈과의 관계에서 바람직한 역할을 했다. 다른 누군가가 무심코 어긴 약속도 나는 꼭 지키면서 상대적으로 신용이 높은 사람이 됐기 때문이다. 같이 일했을 때 (적어도 일정 면에서는) 문제가 생기지 않는 사람, 다음에 다시 함께 일해도 좋을 사람이 됐다.

《부자의 그릇》 소개 글을 보면 이 책의 핵심 메시지는 "돈은 신용을 가시화한 것이다"라는 말에 다 담겨 있다고 한다. 이 말처럼 지금의 나를 만든 건 내 신용이 아닐까? 더 정확히는 퇴사 후 프리랜서로 활동하면서도 저축까지 할 수 있는 통장 잔고, 즉 '돈 그릇'을 만들었다고 볼 수 있다. 집착에 가까울 만큼 단단하게 쌓아온 내 신용과 성실함이 나를 조금이라도 더 잘살게 해준다고 생각한 이유는 딱 하나다. 약속을 잘 지키며 살아온 내가 '사람 일은 다 그런 거'라며 수시로 약속을 바꾸는 엄마보다 돈이 더 많다!

무늬만 N잡러 탈피하기

○ ●

영어 사전을 찾아보니 허슬(hustle)의 사전적 정의로 '남을 서둘러서 떠밀다, 재촉하다'라는 의미가 있어요. 힙합 가사에도 많이 쓰이더라고요. '모든 수단을 동원해서 돈을 번다'는 뜻이에요. 사회적으로 용인된 것이든, 전혀 새로운 방법이든 어떻게든 돈을 버는 거예요. 경쟁 대열에서 굉장히 역동적으로 움직이고 노력한다는 뜻이라서 자신의 목표와 능력에 맞게 창의적으로 일을 하면서 생산해내는 게 허슬 경제학인 거죠.

제이슨 오버홀처, 《허슬 경제학》(영인미디어, 2017)
독자 대표 김지현 기자 인터뷰 중에서

돈 말 글

_____ 아침에 일어나면 주식 시세를 확인하는 일이 두려웠다. 이미 수익률이 마이너스 50퍼센트를 넘은 지 꽤 됐지만, 그래서 본의 아니게 뚝심 넘치는 7년 이상의 장기 투자자가 됐지만, 그럼에도 더 떨어질 거란 생각은 하고 싶지 않았는데… 안타깝게도 내가 보유한 주식은 그럴 가능성이 차고 넘쳤다. 내 수익이 대망의 마이너스 85퍼센트를 기록한 날, 그날은 코로나19로 전 세계가 공포의 문을 활짝 연 날이었다.

불안의 조짐은 있었다. 2020년 1월 초 출간된 내 일곱 번째 책《첫마디의 두려움을 이기는 법》(갈매나무, 2020)의 강연회 취소를 시작으로 예정돼 있던 다른 강연 일정들도 줄줄이 연기되거나 무산됐다. 예상했던 미래 수입이 한순간에 사라졌고 그 수입이 언제 다시 생길지조차 알 수 없게 됐다.

'새해에는 새로운 일도 늘리고 계획한 일도 실행해야지' 다짐했던 산뜻한 결심이 무색해지자 입이 썼다. 더는 떨어질 곳이 없을 만큼 망한 주식을 들여다볼 때도 이렇게까지 입술이 마르진 않았다. 그런데 한동안 수입이 생기지 않을 수도 있다고 생각하니 자꾸 목이 타는 기분이었다. 이제까지는 내가 열심히 노력하기만 한다면 더 나아질 수 있으리란 막연한 기대가 있었지만(아무도 그런 약속을 한 적은 없다), 앞으로는 아무리 발버둥 쳐도 모든 일이 성사되지 않을 것만 같았다. 밥을 먹어도 돌아서면 금방 허기가 졌다.

2013년 방송국을 퇴사한 후 프리랜서로서, 또 1인 기업가로서 생존하기 위해 노력해온 순간은 무수히 많았다. 그 노력이 빛을 발한 적도 있고 삽질로 남은 적도 있다. 그래도 나는 앞으로 나아가고 있다고 생각했다. N개의 직업을 가진 사람들이 등장하는《허슬 경제학》이나 프로젝트에 따라 일자리를 옮겨 다니며 수입을 창출하는 내용의《긱 이코노미》(더난출판사, 2017) 같은 책을 읽으며 장밋빛 미래를 그렸다. 언젠가 책에 나오는 '능력껏 벌어먹는 사람'이 될 것이라 믿어 의심치 않았으니까. '뜻대로 되지 않는 게 인생'이란 말을, '한 치 앞도 모르는 게 사람 일'이란 것을 너무 우습게 생각했던 것이다.

줄줄이 취소와 연기를 통보받으며 나는 "네, 어쩔 수 없죠"라는 말만 기계처럼 반복했다. 할 수 있는 일이라고는 고작 구석에 처박혀 있던 재봉틀을 꺼내 마스크를 만드는 것뿐이었다. 우울한 표정으로 재봉틀을 돌리는 내게 남편이 뼈아픈 말을 했다.

돈 말 글

"코로나19 때문에 모두가 어려워진 건 아니야. 돈을 버는 사람과 대상이 바뀐 거지."

꼭 코로나19가 아니더라도 어느 때나 '위기'는 존재했다. 하지만 누군가에겐 위기인 상황이 다른 이에겐 기회가 된다는 게 나와는 동떨어진 이야기 같았다. 마차를 끌던 사람에겐 위기가 된 자동차의 출현이 자동차를 발명한 사람에겐 두말할 것도 없는 기회였겠지만 나와는 상관없는 일이었다. 카세트 플레이어, CD 플레이어, MP3 플레이어가 차례로 사라지는 것도 '그런가 보다' 하게 되는 역사의 일부였다.

위기와 기회의 사례를 통해 얻은 인사이트가 없었으니 나는 그저 보고 싶은 대로만 볼 뿐이었다. 내 일이 줄어든 것처럼 모두가 어려울 거라고 생각했고 너무 당연하게 위기 집단에 소속된 듯이 행동했다.

하지만 현실은 달랐다. 오히려 평소보다 돈을 더 버는 사람들도 있었다. 온라인 쇼핑의 규모가 하루가 다르게 커졌다. 계속되는 적자로 회사가 어려워질 것이라는 평가를 받던 쿠팡은 '절대 망하면 안 된다'는 고객들의 지지까지 받으며 극적으로 성장했다. 영상 콘텐츠를 제공하는 넷플릭스나

왓챠 같은 플랫폼의 최근 성장 역시 극장이나 공연장 등 밀폐된 공간에 가기 어렵게 한 코로나19가 견인했다. 마스크 보관용 케이스를 제작하는 업체 대표는 사상 최대 매출을 기록했다고 인터뷰를 할 정도였다. 한 대학 교수는 온라인 개학 덕분에 제자의 태블릿 컴퓨터 대여 사업이 호황을 맞았다는 이야기를 하기도 했다.

모든 수단을 동원해 돈을 번다는 허슬러에 대해 다시 생각해볼 시점이었다. 역동적으로 움직이고 노력하는, 어떻게 해서든 돈을 벌 영역을 찾아내는 창의적 경제활동에 나는 너무 무지했다. 그냥 다양한 일을 하는 것과 기존 직업이 흔들리는 위기에서 새로운 기회를 만드는 일은 전혀 달랐다.

나와 비슷한 일을 하는 사람들을 둘러보니 진짜 허슬러와 무늬만 N잡러인 사람이 구분됐다. 자신의 브랜딩을 위해 미리 유튜브 채널을 운영해온 한 강사는 화상회의를 통해 1:1 개별 강의는 물론이고 다수의 학생을 대상으로 한 대학 특강까지 무리 없이 소화하고 있었다. 폐강할 수는 없고 오프라인 수업을 하기는 힘든 곳에서 그는 섭외 1순위로 떠오르는 블루칩이었다. 저자 강연회를 취소한 나와 달리 랜선

북 토크로 무리 없이 독자들과 소통하는 작가도 있었다. 매장 확장을 준비 중이었던 한 마라훠궈 전문점 대표는 오프라인 매장에 투자하려던 돈을 반조리 식품인 밀키트 개발에 썼다. 매장을 찾던 단골손님들이 온라인으로 밀키트를 구입한 덕분에 그는 매출을 회복할 수 있었다.

어쩌면 나는 단순하게 돈을 벌고 싶었는지도 모르겠다. 지금 하는 일을 유지할 수만 있다면 미래 수입은 계속 생기리라고 안일하게 생각했던 것이다. 하지만 단순히 여러 가지 일을 한다고 해서 위기가 비껴가진 않는다는 걸 코로나19 사태를 겪으며 깨달았다. 지금은 온라인과 오프라인을 넘나들고 다양한 플랫폼에 유연하게 대처할 수 있는 실행력이야말로 최고의 능력 아닌가 싶다.

지난 2~3년 동안 유튜브 채널을 운영하라고 진심을 담아 조언해줬던 소중한 지인들의 얼굴이 떠오른다. 그리고 여태껏 꿈쩍도 하지 않은 나를 돌아본다. 바빠서, 편집이 어려워서, 준비가 더 필요해서 같은 핑계가 코로나19로 쏙 들어갔다. 무늬만 N잡러가 아닌 진짜 허슬러가 되고자 재빨리 재봉틀을 치우고 유튜브 콘티를 짜본다.

너무 잘하고 싶어서

○ ●

실패에 대한 두려움에는 확실히 잘하고 싶은 욕심이 거의 80퍼센트는 되는 것 같아요. 꼭 성공해야만 한다고 생각하는 거죠. 저도 원고를 쓸 때 반드시 이 글이 출간돼야 한다, 버려지는 글은 쓰고 싶지 않다는 생각들을 무의식적으로 해요. 그러면 안 쓰게 돼요. 시작을 미루게 되죠. 이게 왜 욕심이냐면 내 능력 이상의 것을 원하니까. 그래서 저는 실패하기 위해서 한다고 생각해요. 그러면 하기 싫은 일을 할 수 있어요.

《하기 싫은 일을 하는 힘》(사우, 2017) 홍주현 저자 인터뷰 중에서

돈 말 글

　　　　　　　　 유튜브는 내게 오랜 숙제 같았다. 나를 보는 사람마다 유튜브를 하라고, 아니 꼭 해야만 한다고 말했다. 어떤 사람은 자신이 사용하고 있는 장비를 알려줬고 또 다른 사람은 지금 유행하는 채널과 구독자 분석법, 내게 어울리는 콘텐츠를 종이에 적어가며 일러주기도 했다. 한 지인은 유튜브를 왜 해야 하는지, 자신이 유튜브를 하면서 어떤 기회들을 잡게 됐는지 등의 혹할 만한 이야기를 줄줄이 읊어줬다. 유튜브 관계자를 직접 만난 사람은 그들이 관심 갖는 콘텐츠와 주요 구독자층 등 자신이 들은 정보를 나눠주기도 했다.

　　정말 고마웠다. 내가 뭐라고 이토록 열과 성을 다해 소중한 정보를 공유해주나. 내가 잘되길 바라는 마음에서 하는 행동이란 걸 알기에 나 역시 그 이야기를 하나도 놓치지 않겠다는 듯이 주워 담았다.

　　당장이라도 실행하고 싶을 만큼 마음이 동한 적도 있었다. 내가 다녔던 방송국의 후배 PD를 만나 1인 방송 제작에 필요한 촬영 팁을 물어보기도 했고 관심사가 비슷한 사람과 제작 회의를 하기도 했다. 실제로 촬영을 하고 원데이 클래스로 편집 수업도 들었다. 하지만 딱 거기까지였다. 사람들은 내게 "유튜브에 '정은길'을 검색해도 아무것도 안 나와"라고 했다. 당연했다. 아무것도 올리지 않았으니까. 나는 방학 숙제를 하지 못한 채 개학을 맞은 학생이 되고 말았다.

이대로는 안 된다는 생각에 돈을 쓰기 시작했다. 편집하기 좋은 사양의 컴퓨터를 샀다. 노트북이냐, 데스크톱이냐 한참을 고민하다 데스크톱을 샀다. 대도서관이 쓴다는 조명도 2개나 샀다. 유튜버들이 많이 쓴다는 카메라도 샀고, 거기에 물리면 좋을 털복숭이 마이크와 무선 핀 마이크도 2개나 추가로 샀다. 혹시 모를 초대 손님을 위한 의자도 준비했고 다들 책상 앞에 앉아 촬영하는 것 같아 새 책상까지 구비했다(중고 거래에 익숙하지 않아 전부 새것으로 샀다). 아직 촬영은 들어가지도 않았지만 촬영을 하자마자 바로 편집을 시작할 수 있도록 어도비 프로그램도 매달 결제했다(편집 한번 못해보고 결제한 기간이 벌써 1년이 다 돼간다).

이제 더는 유튜브를 하지 않으면 안 될 정도로 돈을 썼다. 정말로 거의 모든 것이 준비됐다. 오디오클립을 진행하며 해온 것처럼 좋은 책을 소개하는 북튜버가 되기로 결정까지 했으니 더는 촬영을 미룰 이유도 없었다. 사람들 앞에서 공

돈 말 글

개적으로 약속을 하면 움직일까 싶어 오디오클럽 구독자에게 유튜브를 하겠다는 말도 수차례 했다. 하지만 놀랍게도 2020년 5월까지 나는 유튜브 채널을 개설하지 못했다. 이미 사람들과 나눈 이야기가 쌓이고 쌓였는데, 그 기간도 무려 2~3년이 다 됐는데 말이다.

이 정도로 움직이지 않는 걸 보면 유튜브를 하기 싫은 게 아닐까 싶겠지만 그건 아니다. 나는 진심으로 방송을 하고 싶다. 그런데 왜 자꾸 피하는 걸까? 평소의 나답지 않게 돈도 많이 썼는데?《하기 싫은 일을 하는 힘》을 쓴 홍주현 작가와 '하기 싫은 일'에 관한 이야기를 나누다 알게 됐다. 내가 유튜브를 정말 잘하고 싶었다는 것을 말이다.

유튜브는 가벼운 마음으로 당장 스마트폰으로도 찍어서 만들 수 있다고 하는데 나는 갖출 수 있는 건 다 갖춘 다음에 시작하고 싶었다. 당연히 방송국처럼은 못하겠지만 그래도 방송국에서 일하며 경험한 장비들과 방송 규모가 있으니 선불리 시작할 용기가 나지 않았다. 처음부터 너무 잘하고 싶은 나머지 완벽한 계획만 세우느라 남들이 보기엔 하기 싫은 것처럼 보이는 상황만 계속됐던 셈이다.

이를 두고 '전문가의 함정'이라고도 한다. 방송을 잘 모르는 사람이 처음 개인 방송을 시작할 때는 일단 스마트폰으로 찍고 유튜브로 찾아가면서 편집도 한다. 하지만 나는 방송을 10년 넘게 했던 아나운서였다. 한 편의 방송을 만들기 위해 몇 대의 카메라와 조명, PD와 조연출, 작가, 카메라 감독 등 무수한 스태프가 있어야 하는 환경만 머릿속에 가득했다. 방송 제작에 대한 고정관념을 깨기가 쉽지 않았다.

반면 책 쓰기는 유튜브와 달리 잘 몰라서 과감하게 시도한 일이었다. 출판에 관해 전혀 몰랐던 나는 무작정 원고부터 써서 출판사에 투고했다. 신입 아나운서 시절에는 의상 협찬을 받기 위해 무턱대고 아무 의류 매장에나 들어가 협찬 문의를 하기도 했다. 몇 번의 실패 끝에 한 브랜드의 협찬을 받아냈던 그런 성취 경험들도 '유튜버 되기' 앞에서는 무용지물이었다.

이제는 안다. 지금 내게 필요한 건 '준비'가 아니라 '힘 빼기'라는 걸. 잘하고 싶은 마음이 아무리 크다 해도 처음부터 잘할 수는 없다는 걸 인정해야 한다. 어설프게 시작해 점차 나아지는 게 정석이지, 완벽한 모습으로 시작할 순 없다는 진

돈 말 글

리를 받아들여야 한다. 아무리 내가 방송을 좀 해봤던 사람이라도 예외는 없다. 잘하는 사람보다 더 대단한 사람은 빨리 실행하는 사람이다. 무엇을 얼마나 잘하느냐에 대한 기준은 절대적이지 않다. 같은 영상을 보더라도 누구는 재밌게 보고 누구는 지루하다고 평가하지 않는가. 실패하고 싶지 않은 마음 역시 추상적이다. 막상 유튜브를 시작했을 때 구독자가 거의 없다고 해도 금전적인 손해도 없는데 그게 실패라고 할 수 있을까? 아무것도 안 하는 거야말로 어쩌면 생길지도 모를 기회를 미리 차단하는 가장 큰 실패인지도 모른다.

능력 이상의 것을 원하는 욕심을 버리고 일단은 움직이자. 이것은 내게 하는 말이자 나처럼 오랜 시간 망설이기만 했던 사람에게 하고 싶은 이야기다. 아무것도 하지 않으면 아무 일도 일어나지 않는다. 차라리 실패하기 위해 시도해본다고 생각하면 부족한 부분을 보완하면서 다른 기회를 만나게 된다. 그리고 그 기회가 수입을 가져다준다고 하니 결국 실패가 새로운 돈을 만드는 셈이다. 이런 결심으로 2020년 6월 마지막 날, 유튜브 채널을 개설하고 첫 동영상을 올렸다. 아직 갈 길이 멀지만, 첫걸음을 떼었다는 것에 셀프 쓰담을 해주려 한다. 앞으로 발전할 일만 남았으니까.

투자의 기본은 첫째도 실행, 둘째도 실행

○ ●

처음 셰어하우스를 하겠다고 했을 때 "그게 되겠니?", "차라리 그냥 돈 더 주고 혼자 사는 게 낫지 않을까?" 이렇게 말하시는 분도 있었어요. 그런 말이 이해가 안 가는 건 아니었어요. 제가 확신하지 않으면 추진하기가 힘들 정도였죠.

《셰어하우스 시대가 온다》(트러스트북스, 2017) 김결 저자 인터뷰 중에서

돈 말 글

_____ 스물아홉이 됐을 때 생애 첫 집을 구입했다. 7년 동안 절약하며 꾸준히 저축해 1억 원을 모은 덕분이었다. 하지만 결과는 그리 좋지 않았다. 돈을 아끼고 모으는 데 쓴 시간과 노력에 비해 좋은 집을 알아보는 데 들인 발품이 보잘것없었기 때문이다. 나는 엄마의 지인이라는 부동산 중개인의 말만 듣고 잠깐 구경한 집을 덜컥 사버렸다.

대출을 받는 게 너무 겁이 났던 나는 수중에 있는 돈으로만 집을 사고 싶었다. 그러다 보니 주로 오래된 반지하 빌라들이 후보가 됐고 그 중 1990년대에 지어진 집 하나를 구입했다. 만약 지금 다시 선택하라고 한다면 무조건 전세를 끼고 아파트를 샀겠지만 그때의 나는 그게 최선이라고 생각했다. 주소상으로는 반지하였지만 건축물 구조로는 1층인 점도 나쁘지 않다고 스스로를 설득했다. 서울시 동작구, 그것도 지하철 7호선 남성역에서 도보 5분 거리에 있는 집이었다(지하철역에서 집에 가기까지 등산에 가까울 만큼 가파른 언덕을 올라야 한다는 점을 외면하지 말았어야 했다).

집은 리모델링을 거쳐 나름 살 만한 집으로 변신했다. 방 3개, 화장실 하나, 주방과 거실이 있는 반듯한 집이었다. 어두운 집안 분위기를 바꾸기 위해 조명을 전부 교체했고, 새로 한 도배와 장판은 새 조명 덕분에 더욱 빛을 발했다. 화장실과 싱크대 공사도 했고 보일러까지 새걸로 바꿨다. 밖에서 볼 땐 낡은 집이어도 안은 괜찮았다

그런데 들어가서 살아보니 정말 인테리어만 괜찮은 집이었다. 주차도 불편했고 소음에도 취약했다. 다른 집에 사는 사람이 우리 집 앞에 쓰레기를 버리다 딱 걸린 적도 있었고, 가파른 언덕 탓에 근처 슈퍼에서 간단한 장을 보는 것도 꺼려졌다. 결국 얼마 못 가 부동산에 집을 내놨다. 2년 만에 샀던 금액에 겨우 팔았으니 인테리어나 세금 등을 생각하면 결코 해피엔딩은 아니었다. 집을 살 때 그랬듯 팔 때 역시 이런저런 계산을 해볼 틈도 없이 그저 팔기에 급급했다.

기억에서 점점 희미해지던 그 집을 불쑥 떠올린 것은 《셰어하우스 시대가 온다》를 쓴 김결 작가의 인터뷰를 하던 순간이었다. 그는 홍대에 위치한 반지하 빌라를 산 후 나처럼 리모델링해 여성 전용 셰어하우스로 운영 중이라고 했다. 방 3개에서 각각 30~40만 원 정도의 월세를 받고 있으며 이런 셰어하우스가 4곳이나 된다고 했다.

김 작가는 처음 셰어하우스를 준비할 때 자신의 결정을

돈 말 글

응원해주는 사람이 아무도 없어 외로운 시간을 보냈다고 했는데, 만약 그때 내가 그를 만났더라면 그 누구보다 잘될 거라고 말해줬을 것이다. 나는 실제로 셰어하우스에서 살며 좋은 추억을 만든 적이 있기 때문이다.

2004년 호주로 어학연수를 갔을 때 살았던 집이 바로 셰어하우스였다. 혼자 사는 집주인이 남는 방 하나를 나처럼 잠시 머무는 학생에게 내주고 매주 방세를 받았다. 주방, 세탁실, 화장실, 거실 등 모든 공간을 함께 쓰고 방만 따로 썼다. 그 집에서는 아주 조그맣게나마 오페라하우스도 보였다. 셰어하우스가 아니었다면 결코 머물기 어려운 집이었다. 직장인이었던 집주인은 퇴근하고 TV를 볼 때면 내 일과를 물으며 말을 건넸다. 내가 한국으로 돌아오기 전날에는 함께 저녁을 먹으며 내 앞날을 응원해주기도 했다.

내게 셰어하우스는 따로 또 같이 살면서 혼자이지만 외롭지 않은 집이었다. 공동생활 규칙을 지키느라 귀찮은 점은 있어도 그 덕분에 서로 불편하지 않은 생활을 할 수 있었다. 김 작가는 이 같은 장점을 알아봐 줄 사람들을 기다리며 주변의 혹평에도 불구하고 묵묵히 셰어하우스를 완성했다. 그리고 단 2주 만에 만실이 됐다.

내 첫 집이었던 동작구 반지하 빌라는 방 3개에 주방과 거실이 제법 넓었고 유독 큰 안방과 공간이 넉넉해 조리하기 편리한 주방이 대표적인 장점이었다. 만약 그 집을 팔지 않고 셰어하우스로 운영했다면 어땠을까? 차가 없는 직장인, 밤늦게 퇴근해 집에서는 거의 잠자는 시간이 전부이지만 아무도 없는 집에는 들어가고 싶지 않은 사람에게는 좋은 집일 수도 있지 않았을까? 지하철역이 가까운 집, 너무 좁지도 않으면서 보증금 걱정도 없는 셰어하우스에 거주하고 싶은 사람이 분명 있었을 것이다. 그때의 나는 그 집을 빨리 팔지 못해 안달이었지만 만약 나보다 더 잘 이용해줄 수 있는 사람에게 빌려줬다면 어땠을까 하는 생각이 그제야 들었다.

그러자 집을 빨리 처분하기 위해 시름에 잠겼던 과거의 내가 참 한심하게 느껴졌다. 심지어 나는 셰어하우스에 살았던 경험도 있지 않은가. 집을 향한 시선이 단편적이었다는 점과 다른 활용 방법이 있을지도 모른다는 생각을 전혀 하지 못했던 그때의 내게 아쉬운 마음이 들었다. 오로지 나한테 불편하다고 '나쁜 집'이라는 결론을 내려버린 것이다.

돈 말 글

물론 나는 집을 투자 대상으로 생각하지 않았다. 실거주 목적의 집을 사는 게 그때의 목표였기에 월세를 받는다는 생각은 꿈에도 하지 못했던 게 사실이다. 그걸 자각하자 뒤이어 그 당시의 명백한 현실이 생생하게 떠올랐다. 결정적으로 나는 그 집을 셰어하우스로 운영할 돈이 없었다. 그 집을 떠나 이사를 가고 싶었고, 그러려면 집을 팔아 돈을 마련해야 했다. 그 집을 셰어하우스로 운영할 생각조차 하지 못한 나 자신을 이제 와서 한심하게 생각할 이유는 전혀 없었다. 그때의 내 현실이 그랬으니까.

그런데도 나는 셰어하우스를 운영하는 김 작가의 이야기를 듣고는 한동안 10년 전에 팔아버린 동작구 빌라를 생각하며 내가 받았을 수도 있었을 월세 수익을 계산했다. 그런 생각을 하지도 못했으면서. 설사 생각을 했다 한들 실행으로 옮길 배짱도 없었으면서.

'그때 그렇게 했으면 좋았을걸', '그때 이렇게 했다면 어땠을까?' 하는 생각은 지금의 내게 아무런 도움도 되지 않는다. 되돌릴 수 없는 과거는 잊는 게 상책인데도 미련을 떨었다. 내 손을 떠난 지 오래된 집을 몇 날 며칠 생각하며 내린 결론은 딱 하나였다. 재테크와 투자의 기본은 첫째도 실행, 둘째도 실행이라는 것. 실행한 사람만이 결실을 누릴 자격이 있다는 것이다.

김 작가는 처음 셰어하우스를 준비할 때
자신의 결정을 응원해주는 사람이 아무도 없어
외로운 시간을 보냈다고 했다.
만약, 그때 내가 그를 만났더라면
그 누구보다 잘될 거라고 말해줬을 것이다.
나는 실제로 셰어하우스에 살면서 좋은 추억을
만든 적이 있기 때문이다.

집값에 연연하지 마세요

○ ●

첫 집의 위치가 매우 중요해요. 평수가 작고 오래된 아파트라도 입지
가 좋은 서울에 집을 사는 것이 좋습니다. 저희 집은 (경기도 신도시
아파트) 34평이었는데 2012년 당시 서울 가재울뉴타운의 24평짜리
새 아파트와 가격이 같았습니다. 하지만 6년이 지나자 가격 차이가 수
억 원이나 나더군요. 2018년에 이 집을 (3억 7,500만 원에 사서) 4억
6,500만 원에 매도했는데, 가재울뉴타운 아파트는 7억 원까지 가격이
올라 있었어요.

부동산은 첫째도 입지, 둘째도 입지, 셋째도 입지입니다. 자산 형성의
토대인 신혼집은 감당할 수 있는 한에서 최대한 대출을 받아 가장 좋
은 위치에 마련하는 것이 돈 버는 길입니다.

다음 짠돌이 카페 슈퍼짠 12인, 《1일 1짠 돈 습관》(한국경제신문, 2019)
〈무일푼에서 12억을 만들기까지〉 중에서

돈 말 글

_____ 집 이야기가 나왔으니 말인데 여기서 처음으로 솔직하게 고백할까 한다. 2018년 하반기부터 2019년 상반기 사이 나는 심리적으로 무참히 무너졌었다. 하루하루가 고통스러웠다. 가까스로 정신을 붙들고 일하긴 했지만 일 때문에 처음 만나는 사람 앞에서도 눈물이 절로 흘렀다(친한 친구를 만나서는 대성통곡을 했다). 이렇게 주체가 안 되는 감정은 처음이었다. 그 당시 내 머릿속을 가득 채운 생각은 딱 하나였다.

'내 인생 망했다.'

이렇게 생각한 이유는 크게 두 가지였다.

먼저 번아웃 증후군. 10년 넘게 안정적인 월급만 받던 나는 2014년 말 세계 여행을 끝내고 돌아와 프리랜서로서 도전에 도전을 거듭했다. 처음으로 프리랜서가 됐으니 일하는 방식이나 돈을 벌 수단을 바꿔야 했다. 직장인 신분이라면 출퇴근과 휴일의 개념이 있겠지만 혼자서 일하는 내게는 일터와 개인 공간, 근무시간과 휴식 시간의 경계가 없었다. 마감일을 기준으로 미친 듯이 일만 했다.

1년에 한 권씩 책을 쓰는 일도(베스트셀러라고 부를 수 있는 책도 있다), 전국 여기저기를 다니며 강연을 하는 일도(내 입으로 말하긴 부끄럽지만 강의 평가가 좋은 편이다), 사업자를 내고 1인 기업인 첫눈스피치를 우영하는 것도(홍보를 하지 않는 것에 비해 수강생이 끊긴 적이 거의 없다), 단 한 번의 펑크도 없이 3년 이상 오디오클립 콘텐츠를 제작하는 일도(구독자 수가 많은 편이다) 최선을 다했다. 이 외에도 칼럼 연재나 프로젝트 협업 등 새로운 일을 계속 늘렸다.

이제는 회사를 다니지 않아도 굶지 않겠다는 확신이 들던 어느 날, 갑자기 손가락 하나 까딱하고 싶지 않다는 마음이 들었다. 그리고 절망했다. 이런 기분은 처음이었기 때문이다. 나는 하고 싶은 일들을 열심히 즐기면서 하다 보면 자연스럽게 행복에 닿아 있을 거라고 생각했다. 그런 순수한 마음을 책에 담기도 했다. 하지만 바닥난 체력이 내 인생의 장애물이 될 거라는 예상은 전혀 하지 못했다.

프리랜서는 일한 만큼 돈을 번다. 몸이 지치니 금세 마음이 추워졌다. '나이가 들수록 체력이 떨어질 텐데 그럼 점점 가난해지는 일만 남았나?' 하는 생각에 마음이 심란했다. 더 열심히 일하지 못할 것 같은 내가 두려웠다. 정상적인 사고가 되지 않는 번아웃 증후군이었던 것이다.

둘째는 서울의 미친 집값이었다. 체력적으로 지친 내게는 현실적인 대책이 필요했다. 당시 파주에 살던 나는 파주에서 서울, 특히 강남 쪽으로 이동하는 게 너무 힘들어 이사를 고민했다. 그런데 2018년부터 서울 집값이 미친 듯이 뛰기 시작했다. 내가 2010년부터 2년간 살았던 동작구 사당동 아파트와 2012년 이사한 경기도 파주 아파트의 시세가 당시에는 비슷했는데, 2018년이 되자 3배 가까이 차이 났다. 파주 아파트가 5천만 원 오르는 동안 사당동 아파트는 5억 원이 올랐다.

파주로 이사를 간 이유는 단순했다. 회사를 그만두고 세계 여행을 가는 데다 날마다 출퇴근할 일이 없을 테니 굳이 서울에 살지 않아도 괜찮을 것 같았다. 그때는 체력도 좋아서 1시간 넘게 이동하는 것도 그다지 피곤하게 느껴지지 않았다. 내 집에 산다는 안정감도 좋았고 서울처럼 복잡하지 않은 넓고 탁 트인 동네 풍경도 마음에 들었다. 문제는 교통이었는데, 몇 년이 지나도 파주의 교통 상황은 나아질 기미가 없어 보였다.

누구보다 열심히 살아왔다고 생각했는데 집값이 나를 너무 초라하게 만들었다. 내가 아무리 노력해서 근로소득을 차근차근 모아도 집값의 상승 속도를 따라갈 수 없었다. 투자가 아닌 절실한 필요 때문에 이사를 고려했는데 내가 성실하게 모은 돈으로는 원하는 지역으로 이사하기 힘든 현실과 마주하니 허탈한 마음이 몰려왔다.

나는 부동산이나 주식으로 성공한 경험이 없다. 노동의 대가로 받은 돈 외에 다른 방법을 통해 돈을 만져보지 못했다. 그게 잘못이라고 생각한 적은 없지만 부동산 가격 폭등을 겪어보니 삶이 허무하게 느껴졌다. 사회적 문제라고는 해도 어쩐지 발 빠르게 부동산 투자에 나서지 않은 내 잘못인 것만 같았다. 이미 열심히 일하느라 지쳐 체력이 고갈됐고 서울로 이사할 수 있을 정도의 자금력도 없는데다 수입이 일정하지 않은 프리랜서라 과감히 대출받을 자신도 없었다. 그런데 주위에는 부동산으로 돈을 벌었다는 부자들의 이야기가 넘쳐났다. 상대적으로 내가 너무 가난하게 느껴졌다. 그렇게 나는 인생이 망한 것 같은 기분으로 거의 1년 가까이 방황의 시간을 보냈다.

방황도 계속되니 열심히 일하는 것만큼 사람을 지치게 했다. 내가 나를 괴롭히는 기분은 상당히 별로였다. 그제야 여

기저기서 건네는 조언들이 귀에 들어오기 시작했다.

"부동산 투자해서 돈 번 사람이요? 대출 많은 사람들이 대부분이에요. 그래서 저는 실제 자산이 얼마인지 대놓고 물어봐요."

서울에 전세 낀 아파트가 한 채 있고 인천의 한 아파트에 전세로 거주 중인 지인은 이런 말도 해줬다.

"어떻게 투자를 일상처럼 해요? 내 할 일을 즐겁게 열심히 하다가 50대에 한 번, 60대에 한 번씩만 성공해도 훌륭한 거예요!"

그는 천천히 가도 괜찮다고 나를 다독여줬다. 신기하게도 조급했던 마음이 조금씩 누그러졌다.

미국 만화 〈피너츠〉의 주인공 찰리 브라운의 강아지인 스누피의 메시지도 크게 다가왔다.

— 갖지 못한 것들은 내버려두고 갖고 있는 것들에 집중하는 거야. 나를 슬프게 하는 건 내가 갖지 못한 것들이지만 나를 웃게 하는 건 내가 갖고 있는 것들이니까.

불행해지는 건 세상에서 제일 쉽다. 내가 갖지 못한 것들을 욕망하면 된다. 남들이 가진 것에 관심을 가지면 된다. 욕망의 크기가 곧 불행의 크기인 셈이다. 나는 그제야 내가 가진 것들을 얼마나 소홀히 대해왔는지 반성했다. 몰랐던 말도 아니지만 살면서 끊임없이 이리저리 흔들리지 않기 위해서는 주기적으로 되새기는 시간이 필요한 것 같다. 몸과 마음이 지쳤을 땐 더더욱. 불행을 느껴봐야 행복이 어떻게 생겼는지 더 잘 알 수 있다고 하지 않던가. 나는 행복의 형체를 잊지 않기 위한 노력을 다방면으로 시도했다. 우선 파주에서 일산으로 이사했다. 쓰지 않는 물건은 나눠주거나 팔았고 즐겁지 않은 일은 줄이거나 방식을 바꿨다. 유기묘를 입양해 새로운 식구도 들였다. 이미 내가 가진 것들로도 가능한 변화였다.

물론 이것이 끝은 아닐 것이다. 장담컨대 내가 나를 괴롭히는 시간은 또 찾아올 것이다. 그때마다 필요 이상의 욕망을 깨닫고 나를 지탱하는 소중한 것들에 집중하는 노력이 다시 필요해지겠지. 지금 쓰는 이 글이 미래의 내가 쉽게 불행에 빠지지 않도록 도와주면 좋겠다. 과거의 내가 극복했듯 이번에도 역시 그러리라고. 그리고 내가 하는 일을 더욱 소중히 여기도록 말이다.

돈 말 글

그는 천천히 가도 괜찮다고 나를 다독여줬다.
신기하게도 조급했던 마음이 조금씩 누그러졌다.
불행해지는 건 세상에서 제일 쉽다.
내가 갖지 못한 것들을 욕망하면 된다.
욕망의 크기가 곧 불행의 크기인 셈이다.

공부를 못허면 기술이라도 배워야지

○ ●

모든 사람은 아들과 딸이 사업이나 전문 기술을 배우도록 해야 한다. 오늘 부자가 됐다가 내일 가난해질 수 있는 변화무쌍한 요즘에는 사업이나 전문 기술이 실패를 딛고 일어설 수 있는 디딤돌 역할을 한다. 이것들은 예기치 않게 하루아침에 삶의 운명이 바뀌어 가진 것 모두를 잃게 되는 비참한 상황에서 구해줄 수 있다.

P. T. 바넘, 《돈을 어떻게 벌어요?》(소이연, 2018) 〈유용한 기술을 배워라〉 중에서

돈 말 글

_____ 어느 늦은 밤 TV에서 히말라야를 오르내리는 짐꾼들을 본 적이 있다. EBS 〈다큐영화 길 위의 인생〉이라는 프로그램을 통해서였다. 자신의 몸집보다 더 크고 몸무게보다 더 무거운 짐을 짊어진 히말라야 짐꾼들의 모습은 시선을 잡아끌기에 충분했다.

이 다큐의 주인공은 예순 살 엄마와 그의 열세 살 아들 소남이였다. 묵묵히 무거운 짐을 나르던 TV 화면 속 예순 살 엄마가 갑자기 눈물을 훔치기 시작했다. 당황한 제작진이 왜 우느냐고 묻자 그는 대답한다. "다리가 너무 아파서요. 내 인생이 너무 고달파요."

엄마가 울자 아들 소남이도 같이 울었다(내 눈물도 거의 동시에 떨어졌다). 아들의 눈물을 본 엄마는 더욱 슬퍼졌다. 엄마는 돈을 벌기 위해 일을 하지만 아무리 돈을 벌어도 좀처럼 돈을 모을 수가 없다고 했다. 몸이 아픈 남편은 일을 할 수 없었고 소남이와 함께 버는 돈으로는 생활하기도 빠듯했다.

세상을 알기도 전에 가난부터 배운 열세 살 소남이의 꿈은 열심히 일해서 집을 사고 그 집에서 가족들과 행복하게 사는 것이라고 했다. 지금보다 돈을 더 벌기 위해 공부를 하고 싶은데 고등학교 학비만 100만 원이란다. 그 돈을 모으려고 엄마와 함께 히말라야에서 짐을 나르는 것이었다.

두 모자가 3일 동안 짐을 나르고 받은 돈은 우리 돈으로 3만 원. 산을 오르내리느라 쓴 숙박비 등이 2만 원이었고 결국 그들이 손에 쥔 돈은 1만 원뿐이었다. 그런데 그 얼마 안 남은 돈마저 소남이에게 필요한 옷을 사느라 거의 다 써버렸다.

그곳에서 돈을 버는 사람은 짐꾼들에게 일당을 주고도 남는 것이 있는 장사꾼들과 숙박 시설을 운영하는 건물주뿐이었다. 내다 팔 물건을 살 목돈도 없고 여관을 운영할 공간도 없는 두 모자에게 짐꾼 일당 외에 돈을 더 벌 수 있는 방법은 정말 없는 것인지 내가 다 고민이 됐다.

인터넷으로 '히말라야'를 검색하다 네팔의 여행 사업가 밍마 셰르파(Mingma Sherpa)의 이야기가 눈에 들어왔다. 산골짜기에서 야크를 키우던 밍마는 어린 시절 유일한 낙인 라디오를 들으며 시간을 보냈다. 라디오에서 셰르파들의 고산 등정 소식을 접하며 셰르파의 꿈을 키웠고 실제로 셰르파가 된 뒤에는 등반가로서 14좌를 완등하고 싶다는 더 큰 꿈을 갖게 됐다. 등반 비용을 마련하기 위해 일본에서 5년간 자동차 공장에서 일하며 돈을 모은 그는 결국 네팔인 최초

14좌를 정복한 사람이 됐다. 이후 네팔에서 가장 큰 고산 등반 여행 대행사를 운영하며 네팔 총리에게 상을 받을 정도로 승승장구 중이다.

그러고 보니 등산도 기술이었다. 자기가 할 수 있는, 하고 싶은 일을 찾아 잘 가꾸면 그게 곧 돈을 벌게 해주는 기술이 된다. 소남이도 밍마를 찾아가 일을 배우면 지금보다 더 많은 돈을 벌 수 있지 않을까, 관절염 때문에 고통스러워하는 엄마와 같이 우는 대신 엄마의 눈물을 닦아줄 수 있지 않을까 하는 아름다운 그림을 잠시 그려봤다. 소남이가 '집을 사서 가족들과 행복하게 살고 싶다'는 막연한 소망을 버리고 밍마처럼 구체적인 목표와 기술을 가지면 좋겠다고도 생각했다.

한국과학기술대학교에 다니는 학생에게 "그려, 공부를 못 허면 기술이라도 배워야지"라고 조언했다던 어느 할머니의 이야기가 더는 우스갯소리로 들리지 않는다. 평균수명이 길어진 것과 달리 노동 수명은 줄어든 지 오래다. 점점 일자리의 안정성이 떨어지고 있다는 걸 모르는 사람은 없을 것이다. 이제는 돈을 잘 번다는 개념이 '많이' 버는 것에서 '오래'

버는 것으로 그 가치가 이동했다는 생각이 든다. 그 가치를
실현할 수 있는 사람이 되려면 역시 '기술'이 있어야 하지
않을까?

젊은 나이에 부자가 됐다는 사람들이 쓴 책,《부의 추월
차선》(토트, 2013)《가장 빨리 부자 되는 법》(유노북스, 2018),
《나는 4시간만 일한다》(다른상상, 2017) 등을 읽어봐도 이들
에겐 온라인을 기반으로 광고를 처리할 수 있는 컴퓨터 관
련 기술이 있었다. 학교에서 배웠든 독학을 했든 어쨌든 말
이다.

내 주변 사람들도 기술의 필요성을 본능적으로 인지하고
있는 것 같다. 비행기 밖에서는 써먹을 수 있는 기술이 없다
고 말하는 승무원, 회사에서는 업무 처리를 곧잘 하지만 사
무실만 벗어나면 일상생활도 어려울 정도로 모르는 게 많다
는 증권사 과장님, 대학생을 대상으로 면접 대비 강의를 하
지만 언제 다른 사람으로 교체될지 몰라 불안하다는 강사
등 누구나 직업이 있어도 돈 버는 걱정을 한다.

나도 마찬가지다. 내게는 어떤 기술이 있는지 계속 고민한
다. 최대한 활용할 수 있는 내 안의 기술을 찾아 조합해보며

돈을 벌기 위한 다양한 방법을 모색한다. 아나운서(말하기)와 작가(책 쓰기)를 결합해 책 소개 콘텐츠 〈정은길 아나운서의 돈말글〉을 제작하기도 하고 첫눈스피치라는 1인 기업을 창업해 말하기나 글쓰기 등 여러 강좌를 운영하기도 한다. 새로운 기술을 추가하고 싶어 사이버대학교에 다니는 등 지속적인 공부도 하고 있다. 아직 무엇이 될지 모르는 기술이지만 앞으로도 기술 배우기는 현재진행형일 것 같다. 내 미래 기술이 무엇일지를 고민하는 만큼 돈 버는 방법, 돈을 오래 버는 방법을 찾을 수 있지 않을까. 방망이도 자꾸 휘둘러야 안타든 홈런이든 칠 수 있을 테니 말이다.

사라지지 않는 일자리를 찾아서

○ ●

자율주행차가 도로를 달리면서 교통사고가 없어지면 가장 큰 피해를 보는 건 심장이식을 하는 의사와 병원입니다. 심장이식에 필요한 심장의 90퍼센트 이상이 사실 교통사고가 나서 돌아가시게 되는 분들의 심장이라고 해요.

'그러면 그들의 일자리는 어떻게 될 것인가?', '병원은 문을 닫아야 하는 것인가?' 이런 의문이 생길 수 있는데 기술은 그런 점도 보완을 하더라고요. 생물학 기술의 발달로 인공 심장, 인공 혈관 이런 것들도 다 만들 수 있다고 해요, 지금 기술적으로는. (중략)

앞으로는 국가나 기업이나 개인이나 모두가 '혁신할 수 있는가?', '창의력을 발휘할 수 있는가?', '전문 능력을 갖출 수 있는가?', '빠르게 변하는 기술과 환경에 얼마나 유연하게 적응할 수 있는가?' 이것이 경쟁력을 갖추는 가장 중요한 변수가 될 것으로 보입니다. 이때 핵심이 되는 것이 '교육'입니다.

클라우스 슈밥, 《클라우스 슈밥의 제4차 산업혁명》(새로운현재, 2016)
역자 송경진 세계경제연구원 원장 인터뷰 중에서

돈 말 글

_____ 코로나19로 마스크를 쓰지 않고는 외출하지 못하는 일상에 여름 더위까지 더해져 더욱 답답해진 무렵, 우리나라 공유 사무실 사업의 선두 주자로 불렸던 위워크(WeWork)가 종로타워에서 철수하겠다는 의사를 밝혔다는 소식이 스타트업 업계를 들썩이게 했다. 핵심 기술 없이 단순 부동산 업종에 불과하다는 위워크의 위기는 예전부터 감지됐는데 코로나19로 재택근무가 늘면서 사무실의 필요성이 예전 같지 않아진 탓도 컸다.

2020년 5월에는 코로나19로 일시적으로 사라진 일자리가 이대로 영원히 사라질 수도 있다는 기사가 쏟아지기도 했다. 오프라인 활동이 온라인으로 대체되면서 일자리도 옮겨가는 시대적 흐름을 막을 수가 없기 때문이다. 페이스북 최고경영자인 마크 저커버그는 전 직원의 50퍼센트가 5~10년 내 원격 근무를 하게 될 것이라고 말하기도 했다. 현재 4만 명이 넘는 페이스북 직원 중 절반은 출근을 하지 않게 되는 셈이다. 트위터도 무기한 재택근무를 허용했고 구글은 2020년 연말까지 직원의 60퍼센트가 일주일에 한 번꼴로 출근할 것이라고 했다.

실제로 우리나라에서도 IT 기업을 중심으로 재택근무가

늘고 있다. 그것도 아주 적극적으로 변화하는 중이다. 문제는 재택근무가 단순히 근무 형태의 변화에서 그치지 않는다는 점이다. 사무실 노동자가 줄면 사무실 인근 상권도 타격을 입는다. 이 때문에 일시적으로 사라진 일자리가 앞으로 영원히 사라질 수도 있다는 메시지가 나온 것이다. 이런 신호들이 우리의 암울한 미래를 보여주는 건 아닐까?

사실 코로나19가 아니더라도 우리의 일자리는 없어지기도 하고 생겨나기도 하며 무수한 변화를 겪어왔다. 연탄장수나 전화 교환원, 버스 안내양처럼 일상 가까이 있던 직업이 어느 날 갑자기 사라지는 것은 조금도 이상하지 않다. 심지어 어르신들이 혀를 끌끌 차며 이해하지 못하던 연예인이나 유튜버가 이제는 초등학생들의 장래희망에서 상위권을 차지하고 있다.

안타까운 점은 이런 변화에 유리한 그룹이 새로운 기술에 잘 적응하는 젊은 사람들이란 사실이다. 낯선 기술이 어색한 중·장년일수록 하던 대로만 일하느라 도태되기 쉽다. 고령층이 디지털로부터 소외된다는 뉴스 기사가 그다지 놀랍지 않은 이유다.

돈 말 글

실제로 우리는 많은 사람들이 새롭게 등장하는 기술이 인간의 일자리를 빼앗는다고 생각할 것이라고 여기지만, 막상 인공지능에 관한 설문 조사를 해보면 20대를 중심으로 한 젊은 층에서는 우려가 아닌 기대가 나타난다고 한다. 세계경제연구원 송경진 원장에 따르면 세계경제포럼 중 전 세계 20대를 모은 글로벌 그룹 멤버들은 인공지능을 받아들이는 데 거부감이 거의 없었다고 한다.

또 송 원장은 미래를 긍정적으로 바라봐도 좋다고 말한다. 1900년에는 미국 인구의 40퍼센트가 농업에 종사했지만 100년이 지난 2000년에는 겨우 2퍼센트만이 농업 인구로 남았다. 그렇다고 38퍼센트가 모두 실업자가 된 것은 아니었다. 신기술이 창출한 직업들이 있었기 때문이다.

우리도 사라지는 일자리 대신 새롭게 생겨나는 일자리에 주목해야 한다. 내가 하고 있는 일과 새로운 기술을 접목할 수 있어야 한다. 사회초년생을 위한 경제 콘텐츠를 만드는 미디어 어피티(UPPITY)의 박진영 대표는 "자신만의 콘텐츠가 있는 분들이 유튜브로 넘어오기 시작했다"고 말했다. 유튜브 초창기에는 촬영이나 편집 기술이 있는 사람들이 유튜브를 했다면 이제는 오프라인에서 확실한 자신만의 콘텐츠를 가졌던 사람들이 비대면으로 일하기 위해 자의 반, 타의 반으로 유튜브에 발을 들인다는 것이다. 이런 까닭에 최근 유튜브에서 소위 '대박' 난 영상은 '유튜브를 차근차근 시작하는 콘텐츠'다. 자기 콘텐츠가 있는 사람들 중 오프라인 수입만으로도 충분히 생활이 가능했던 사람들이 유튜브 가입 방법부터 알려주는 영상을 보고 유튜버로서의 삶을 시작하고 있다고 한다.

박 대표의 이야기를 들으면서 당연한 말이지만 어떻게든 적응하고 변화하는 사람이 돼야 남들이 말하는 위기에도 끄떡없겠다는 생각이 들었다. 인류의 역사를 돌이켜봐도 기술을 무조건 두려워할 것이 아니라 기술이 발전함에 따라 겪을 수밖에 없는 변화의 양면성을 모두 들여다볼 필요가 있다. 같은 현상을 두고도 누구는 위기를 겪고 누구는 기회를 발견했으니까. 그리고 후자가 되기 위해 꼭 해야 하는 일이 바로 뭔가를 배우는 일일 것이다. 동영상 강의를 한 번도 해보지 않았던 사람이 직접 동영상을 만들어 유튜브에 업로드하는 법을 배우는 것처럼 말이다.

돈 말 글

결국 내 수입을 위협하는 것은 새롭게 등장한 기술이나 코로나19 같은 예측 불가능한 외부 요인이 아니다. 오히려 그런 변화에 적응하려 하지 않는 나일 것이다. 기술에 뒤처지는 내가 아니라 '아무것도 배우고 경험하려 하지 않는 나'를 점검해봐야 하는 이유다.

돈 버는 건 원래 고단한 일인가요?

○ ●

너무 바쁜 김 대리는 나를 부를 때 이름 석 자를 정확히 발음할 시간 조차 부족했던 나머지 매번 애완견을 부르듯 입으로 "쯧쯧" 소리를 냈고, 내가 고개를 돌리면 손을 까닥였다. 그 신호를 받으면 나는 벌떡 일어나 두 손을 공손히 모으고 김 대리 옆에 섰다. 내가 사람인지 개인지 개가 사람인지 개인지 나만 개인지 개가 개라서 나를 개처럼 부르는지 혼란스럽던 어느 날, 또다시 들려오는 쯧쯧 소리에 고개를 홱 돌려 "대리님, 제가 갭니까?" 쏘아붙인 다음에야 겨우 인간의 존엄을 되찾았다.

구달, 《일개미 자서전》(토네이도, 2017) 〈개는 너야〉 중에서

돈 말 글

_____ "쥐새끼 같은 년."

사회생활을 하며 뒷담화를 하는 경우는 종종 봤어도 이렇게 눈앞에서 대놓고 욕하는 박력 있는 사람이 있다니! 이 찰진 욕을 시원하게 먹은 사람이 바로 나다.

예전 회사 부장님은 회식을 할 때면 모든 직원들이 다 같이 '개'가 되길 원했다. 하지만 나는 아니었다. 나는 인간의 존엄이 중요하다고 생각하는 사람이었다. 술을 부어라 마셔라 하고 너도 나도 쓰러지는 전멸의 대열에 결코 끼고 싶지 않았다. 어떻게든 술을 덜 마시려고 애썼고 열심히 일한 나를 위해 회식 때만 먹을 수 있는 고급 안주를 부지런히 먹었다. 그런 이유로 저런 욕을 먹게 된 것이다. 술도 제대로 안 마시면서 안주는 열심히 먹는다고.

지금이야 웃으면서 떠올리지만 당시의 충격은 상당히 컸다. 내가 큰 잘못을 해서 회사에 손실을 끼친 것도 아니고, 고작 회식 때 같이 망가지지 않았다는 이유로 이렇게 욕을 먹어야 한다면 나는 정말 장수할 운명이었다. 그 운명을 거부하고 싶어 이직을 했지만 안타깝게도 나는 이때의 충격으로 술을 즐기지 못하는 어른이 됐다.

내 존엄을 해치는 일은 이 밖에도 더 있었다. 회사 윗분의 장모님 장례식장에서 발바닥에 불이 나도록 음식을 날랐던 적도 있다. 시간외수당도 쳐줄 수 없는 사적인 일을 나는 회사 막내로서 고스란히 감내해야 했다. 부당하다고 말하고 싶었는데 열심히 신발을 정리하고 테이블을 치우는 선배들 앞에서 반기를 들기가 애매했다.

KBS 드라마 〈동백꽃 필 무렵〉에서 술집을 운영하는 동백이는 치부책을 만들어 진상 손님의 행태를 낱낱이 기록했지만, 나는 살생부를 적고 싶은 심정이었다. 하지만 기분 나쁜 일들은 담아두기보다 싹 잊는 게 내 행복을 위해 더 나을 것 같아 살생부는 그저 스쳐 지나가는 생각으로 흘러가게 놔뒀다.

그걸 가능하게 한 건 내 존엄을 해친 사람들과 대척점에 있던 좋은 사람들이었다. 내게 자신감을 심어주고 위로를 건네주고 심지어 피가 되고 살이 되는 밥도 사준 좋은 사람들 덕분에 12년이나 회사를 다니며 월급을 받을 수 있었다고 생각한다. 조직에서 독립해 스스로를 믿고 일할 수 있는 용기를 낼 수 있었던 것 역시 나를 믿어준 사람들이 있었기에 가능했다.

그렇다고 회사를 다니지 않게 되면서부터 '흑역사 끝, 꽃길 시작!'인가 하면 그것도 아니다. 사실 돈 버는 일이 힘든 건 회사 안이나 밖이나, 엎어치기 하나 메치기 하나 똑같다. 집 값 이야기를 할 때 이미 밝혔듯이 나는 파주에 살면서 강남으로 이동하는 게 너무 힘들었다. 교통 정체로 편도에만 무려 3시간을 쓰며 강변북로 위에서 꼼짝없이 갇힌 기분을 느껴야 할 때도 있었다.

그때 나는 강산에의 〈거꾸로 강을 거슬러 오르는 저 힘찬 연어들처럼〉이란 노래를 들으며 연어에 빙의해 눈물을 찔끔 흘리기도 했다. 연어의 이동 목적은 성스럽기라도 하지, 나는 도무지 옆으로 빠질 줄 모르는 개미가 된 기분이었다. 주식으로 거액의 돈을 잃었을 때도 내가 한낱 개미 같다는 생각은 해보지 않았는데 말이다.

이동하느라 지친 당시의 나는 일까지 마치고 집에 오면 모든 사고가 멈춰버리는 통에 긍정적인 생각을 하기가 힘들었다. '돈을 버는 일은 형벌과도 같은 것인가', '살기 위해 돈을 버는 것이라면 살아 있는 것 자체가 벌을 받고 있는 것인가', '나는 전생에 죽을죄를 지었던 것인가' 같은 이상한 생각이 꼬리에 꼬리를 물었다. 이런 생각을 쉽게 멈출 수 없을 만큼 도로 위에서의 3시간은 너무 길었다. 게다가 내가 방황하던 절정기였으니 무슨 일이든 안 좋은 쪽으로만 생각하는 회로기 한껏 발달했더랬다.

내가 지금 이렇게 솔직한 심정을 털어놓는 이유는, 가능하다면 숨기고만 싶은 못난 생각들을 들추는 이유는, 아무리 괴롭고 힘든 시간일지라도 그래도 시간은 흐른다는 이야기를 하고 싶어서다. 그 괴롭고 힘든 순간들이 어느 틈엔가 지나간 일이 돼 있더라고 말이다. 심지어 이제는 내 글의 흥미진진한 소재가 돼주고 있지 않은가.

　나는 종종 내 책을 읽거나 강연을 들은 분들이 감사하게도 블로그나 카페 등에 남겨주는 후기를 찾아본다. 그 후기에서 나는 '멋있는 언니', '자기 주관이 뚜렷한 사람'으로 등장한다. 그렇게 되기 위해 노력하는 사람일 뿐인데도 나를 이미 완성형으로 좋게 봐주는 분들이 있다.

　그분들의 환상을 지켜드리기 위해서라도 이런 내 모습을 감추고 싶지만 한편으로는 나도 똑같다는 말을 하고 싶기도 하다. 주식 종목을 추천하는 사람이 주식으로 돈을 잃기도 하고 부부 상담 전문가가 이혼을 하는 경우도 있지 않든가.

돈　말　글

나는 절약과 저축 같은 생활 재테크 이야기는 할 수 있어도 돈을 불리는 투자는 모르고 여러 분야에서 일을 하는 N잡러 지만 아직 성공을 말하기는 이르다.

하지만 한 가지 확실히 말할 수 있는 게 있다. 힘들고 불행한 시간은 분명 지나간다는 것. 내가 조금 먼저 경험해보니 불행이라 생각한 일들이 서서히 희미해지는 것 같긴 하다.

아, 한 가지 팁이 더 있다. 괴로운 시간을 더 빨리 과거로 만들고 싶다면 약간의 액션을 취하기만 하면 된다. 바로 삶에 크고 작은 변화를 시도하는 것이다. 치통이 심할 때 길을 걷다 넘어져 무릎이 까지면 치통을 잊는 것처럼 나쁜 생각에 너무 매몰되지 않도록 주위 환경을 바꿔주면 된다. 나는 이사를 했고 유기묘를 입양했으며 10년 만에 머리를 길게 길러보고 있다. 어떻게든 어제보다 더 즐겁게 사는 일개미가 되려고 이런저런 액션을 실행해보고 있는데 그게 또 삶의 색다른 재미가 될 때가 있다.

어차피 일개미로 지내야 하는 시간이 아직 많이 남아 있다면 불행한 일개미보다 행복을 추구하는 일개미가 되는 게 더 낫지 않을까. 어떤 일개미가 될지는 내 선택에 달려 있다.

죄책감 없이 큰돈을 벌 순 없을까?

○ ●

좋아하는 일만 하며 사는 사람들은 자신의 욕망을 채우기 위해 일을
하고 죄책감도 느끼지 않습니다. 나는 존재하는 것만으로도 가치가 있
다고 생각하니까 남의 눈치를 보지 않고 자기 마음대로 사는 거죠. 이
렇게 이기적으로 살면서 생기는 풍족함이나 행복을 받아들이는 데에
도 거부감이 없습니다. 그리고 행복을 받아들이는 문을 항상 열어두기
때문에 돈이 들어오는 거라고 말합니다.

고코로야 진노스케, 《좋아하는 일만 하며 사는 법》(동양북스, 2016)
민혜진 에디터 인터뷰 중에서

_____ "제가 수강하는 게 싫으신가요?"

첫눈스피치에서 수업을 듣고 싶다며 상담을 받던 사람이 내게 이렇게 물었다. 나는 무턱대고 당장 수강해야 한다고 강요하거나 내 수업을 듣기만 하면 무조건 말하기 실력이 좋아진다고 호언장담하지 않는다. 오히려 혼자 스피치 연습을 할 수 있는 방법을 알려주고 그래도 같이 실습을 해보고 싶다면 충분히 고민한 다음 다시 연락하라고 말한다. 아마 이런 특이한 상담 방식이 그 학생에게는 부정적인 인상을 줬나 보다.

솔직히 말하면 그의 질문은 반은 맞고 반은 틀렸다. 수강하겠다는 학생을 싫어할 학원이 어디 있겠는가? 나는 상담 문의를 해준 것만으로도 진심으로 그에게 고맙다. 그런데 그가 수강을 하면 내게는 남는 게 거의 없다. 그래서 학생을 무조건 받기도 어려웠다.

속사정은 이랬다. 첫눈스피치 오픈 초반 나는 강남에 위치한 공유 사무실에 입주해 수업을 진행했다. 한 반에 여러 명의 수강생을 받아 수업했기 때문에 저렴한 수강료를 받아도 괜찮았다. 하지만 혼자 모객을 하고 수업을 안내하고 진행하고 관리까지 하기는 벅찼다. 날마다 사무실에 나갈 수도 없을뿐더러 파주, 일산 쪽에 살다 보니 출퇴근도 너무 피곤했다. 첫눈스피치 말고도 외부 출강과 원고 마감, 개인 방송 같은 다른 스케줄도 있었다.

일의 비중을 조율할 필요를 느낀 나는 하는 수 없이 첫눈스피치 일을 줄였다. 그래서 아무 홍보도 하지 않은 채 수강 문의를 해오는 사람에 한해 1:1 수업만 진행하는 방식으로 바꿨다. 공유 사무실도 빼고 수업이 있을 때만 스터디룸을 빌려 사용했다.

문제는 수강료였다. 1:1 과정은 기본 4회 수업을 기준으로 한다. 쉬는 시간 없이 1회당 90분 수업으로 수강생 맞춤 커리큘럼과 수업 시간을 짠 후 총 44만 원을 받았다. 1회 수업료가 11만 원인 셈이다. 나는 이 돈이 수강생 입장에서 결코 저렴하지 않다는 것을 안다. 하지만 내 입장에선 이 돈을 받기 위해 상당한 시간을 써야 했다.

44만 원 중 4만 원은 부가세로 따로 신고해야 하는 금액이니 제외하면 결국 수업당 10만 원을 받는 셈인데 90분 수업을 하기 위해 일산에서 강남을 오가는 시간과 에너지가 만만치 않았다. 파주에 살 때는 출퇴근 시간에 맞물려 왕복 5시

간을 쓴 날도 있었다. 일산으로 이사 간 다음에도 왕복 2시간은 기본이었다. 스터디룸 대관료까지 내고 나면 순수입은 얼마 되지 않았다. 돈을 벌기 위한 활동이었지만 시간과 노력에 비해 경제적인 활동이라고는 볼 수 없었다. 그러니 수업 상담에 자연스레 소극적이 된 것이었다.

수강료를 올리면 좀 나아질까 싶어 오랜 고민 끝에 딱 한 번 10만 원을 높인 금액으로 수강료를 안내했다가 이내 그만뒀다. 10만 원을 더 받는다고 비효율적인 시스템이 바뀌는 건 아니기 때문이다. 어차피 내게 큰 도움이 되지 못할 거라면 수강생의 부담이라도 낮추는 편이 더 나았다. 나는 수강생들에게 돈을 받는 게 편하지 않았다.

나름 유명한 프리랜서 강사나 기업가에게 돈 버는 비결을 들은 적도 있었는데 나는 죽었다 깨어나도 그 방법들을 따라 할 수 없을 것 같았다.

책을 한 권 낸 다음 작가로 유명세를 얻은 한 인플루언서는 SNS와 유튜브에 팬들이 많았다. 반대로 이미 인플루언서로 자리매김한 다음 부수적인 활동 중 하나로 책을 쓴 이들도 있었다. 팬들은 인플루언서의 삶을 배우고 싶어 코칭을 원했고 1시간에 200만 원(부가세 포함 2시간에 440만 원이라고 했다)이라는 코칭비를 기꺼이 지불했다. 아무리 수요와 공급에 따라 가격이 결정되는 게 시장이라지만, 1시간 반에 10만 원을 받는 것도 마음이 편치 않은 내가 할 수 있는 일은 아니었다. 또 어떤 강사는 1인당 3만~5만 원의 회비를 받고 1~2시간짜리 오픈 채팅방을 개설한다고 했다. 몇 백 명을 모아놓고 부동산 투자 비법을 알려주는 것인데, 채팅 한 번에 몇 천만 원의 소득을 올린다는 것이다.

내가 듣고 알아본 바로 돈을 많이 버는 개인들은 대부분 팬층을 기반으로 일했다. 어떤 프로젝트를 진행하든 대부분 팬들이 동참해 팔아주기 때문이다. 한 교육 기업 대표는 탄탄한 팬층을 확보한 덕분에 책을 출간하자마자 베스트셀러 작가가 됐다. 문제는 책의 후기가 팬심 가득한 독자들로만 한정돼 있다는 점이었다. 팬들과 의견이 다른 일반 독자들이 책의 후기를 두고 댓글로 다투는 일도 있었다.

팬심으로 지갑을 여는 사람들을 만나 이야기를 들어보기도 했다. 정말로 그들의 서비스에 만족하는지 궁금했다. "엄청난 콘텐츠라고 생각하지는 않지만 그 사람이 좋아서요." 이렇게 대답하는 팬들이 꽤 됐다. 내 눈에는 이런 시스템이

돈 말 글

교주 스타일의 수익 구조처럼 보였다. 사람을 모으는 것이 대단한 능력이긴 하지만 그렇다고 영원할 수는 없는 법이니 말이다.

《좋아하는 일만 하며 사는 법》이란 책에는 큰돈을 버는 일에 죄책감을 느끼지 말아야 한다는 말이 나온다. 이 말이 잘못된 방법으로 돈을 버는 일에 무덤덤해지라는 뜻은 아닐 것이다. 그런데 죄책감을 느끼지 말라는 저자의 메시지를 오해하는 이들이 종종 있는 것 같다. 그렇지 않고서야 어떻게 곰팡이가 핀 음식을 팔고 CEO 갑질이 논란거리가 되고 원산지를 속이는 공동 구매를 할 수 있을까. 심지어 아무렇지도 않게. 팬들의 충성도를 믿고 그들을 속이면서까지 큰돈을 벌고자 한다면 그 돈을 벌어들이는 경제활동에 어느 정도 죄책감과 의무감을 가져야 한다는 생각이 든다.

지난 몇 년간 개인 브랜딩을 열심히 하지 않는다는 지적을 참 많이도 들어왔다. 개인 채널도 전문적으로 운영하고 인터넷 카페도 만들어 사람들도 모으고 인스타그램에서는 세련되게 홍보 글을 써야 한다는 등의 조언이 대부분이었다. 하지만 나는 그 조언의 대부분을 실행하지 못했다. 어떤 사람은 이런 내게 "은길 씨는 돈 버는 게 싫은가 봐?"라는 말을 하기도 했다. 내가 기본적으로 브랜딩 마케팅에 취약한 사람이기도 하지만 솔직히 나는 팬층을 확보하는 활동이 꺼려진다.

교주처럼 돈을 버는 일이 나는 편치 않다. 그렇다고 돈을 적게 벌고 싶은 건 아니라서 죄책감 없이 큰돈을 버는 방법을 늘 고민한다. 무작정 사람을 모으기보다 내가 개선할 수 있는 부분을 먼저 찾고 싶다. 첫눈스피치의 경우 내가 이동하는 시간이 문제라면 동영상 강의를 고려하는 식으로 말이다. 그래서 궁극적으로는 돈이 벌리는 시스템을 만들고 싶다. 그래야 죄책감 없이 일하면서 더 많은 돈을 벌 수 있을 것 같다.

돈 말 글

죄책감 없이 큰돈을 벌고 싶다.
하지만 그 말이 잘못된 방법으로 돈을 버는 일에
무덤덤해지라는 뜻은 아닐 것이다.
그렇다고 돈을 적게 벌고 싶은 건 아니라서
죄책감 없이 큰돈을 버는 방법을 늘 고민한다.
궁극적으로는 돈이 벌리는 시스템을 만들고 싶다.
그래야 죄책감 없이 더 많은 돈을 벌 수 있을 테니까.

돈을 모으고 싶다면 '방법'보다 '이유'를 찾자

○ ●

돈은 '내가 얼마의 재산이 있다', '얼마의 돈이 있다'는 그 자체로서의 의미보다는 '돈을 통해 내가 무엇을 가질 수 있는가', '그걸 통해서 내가 무엇을 할 수 있는가'의 관점에서 바라보는 것이 더 필요하지 않나 생각합니다.

《오늘부터 제대로, 금융 공부》(창비, 2018) 권오상 저자 인터뷰 중에서

돈 말 글

_____ 초등학교 2학년 때부터 할머니, 할아버지와 함께 살았던 나는 어느 틈엔가 돈에 민감한 사람이 됐다. 방과 후 친구들과 떡볶이를 사 먹으려 해도 돈이 필요했고 문제집을 사고 학원에 다니는 데도, 하다못해 시험 기간에 독서실에 가려 해도 돈이 필요했다. 어른들은 "학생이 무슨 돈이 필요하냐?"고 하지만 숨만 쉬어도 돈이 나가는 건 애나 어른이나 매한가지라는 걸 너무 일찍 알아버렸다.

하지만 할머니와 할아버지는 돈의 필요성을 나만큼 느끼진 못하셨던 것 같다. 아니, 그보다 워낙 가난하고 어려운 시절을 살아온 분들이라 지독하고 투철한 절약만을 꼭 지켜야 하는 법처럼 생각하셨다. 특히 할머니의 절약 정신은 상상을 초월했다.

한번은 초등학교 미술 시간에 빨랫비누로 조각을 한 적이 있었다. 준비물로 빨랫비누를 챙겨 가는 내게 할머니는 조각하고 남은 비누를 꼭 가져오라고 신신당부하셨다. 미술 시간이 끝난 후 친구들이 자신의 조각품을 챙기는 동안 나는 미리 준비해 간 주머니에 조각하고 남은 빨랫비누를 담았다. 그때 처음으로 친구들이 내 뒤에서 수군거리는 소리를 들었다. 아이들의 놀림이 마음의 상처로 남은 건 아니지만 굳이 남은 빨랫비누까지 챙기지 않았다면 좋았을 텐데 싶다.

중·고등학교 때는 시험 기간만 되면 늦게까지 공부하느라 불을 켜놓는 나 때문에 할머니는 안절부절못하셨다. 나도 모르게 깜빡 잠이라도 드는 날이면 이른 아침부터 전기세 아깝게 왜 불을 켜놓고 잤느냐는 꾸지람을 들었다. 당연히 날 선 구박은 아니었지만 순수하게 전기세를 걱정하는 절약 습관에 서운한 마음이 전혀 없었다고는 말 못하겠다.

상황이 이러니 독서실에 가겠다는 말이나 문제집을 더 사달라는 말은 꺼내지도 못했다. 나는 집에서만 공부했고 새 학기가 되면 헌책방에서 문제집을 샀다. 본격적인 시험 기간 전 지우개로 중고 문제집의 풀이 흔적을 지우는 일은 내게 일종의 의식과 다름없었다.

로마에 가면 로마법을 따라야 한다고 나는 그런 할머니의 절약 습관에 불만을 갖는 대신 발을 맞추기로 했다. 어차피 내가 원하는 모든 것을 요구할 수도 없는 상황이라 내가 내린 결론은 하나였다. '나를 책임질 사람은 나뿐이다!'

이때부터 나는 필요한 것을 마련할 수 있는 돈을 모으기 위해 절약과 저축에 매진했다. 초등학교 때는 집 안에 굴러다니는 동전을 남김없이 주워가며 저금했고 중학교에 입학하고 나서는 내 이름으로 된 통장을 개설해 여기저기서 받는 용돈을 모조리 입금했다(그러니 내게 명절이 얼마나 중요했겠는가). 그렇게 차곡차곡 돈을 모으며 생각했다. '돈 때문에 하고 싶은 일을 포기하는 상황은 절대 만들지 말자'고.

특히 나는 내게 집을 사주고 싶었다. 그래서 돈을 벌기 시작한 뒤로 꼬박 7년 동안 매달 100만 원씩 저금해 1억 원을 모았고 앞서 말했듯 스물아홉에 첫 집을 샀다. 나는 내게 어학연수의 기회도 주고 싶었다. 그래서 대학교 3학년부터 1년 가까이 아르바이트를 해서 모은 1,000만 원 중 700만 원을 들고 4학년 2학기 기말고사가 끝난 다음 날 호주로 떠났다. 결혼 후에는 남편과 함께 1년 동안 세계 여행도 하고 싶었다. 그래서 결혼 3년 차에 아파트 대출금을 모조리 갚고 7,000만 원의 여행 경비와 여행 후 필요한 생활비까지 마련해놓은 다음 세계 여행을 다녀왔다.

이런 나의 절약과 저축 이야기를 담은 생활 재테크 책 《적게 벌어도 잘사는 여자의 습관》(다산북스, 2013)을 보고 몇

몇 독자들은 "나는 이렇게까지 돈을 아끼면서 살지는 못하겠다"는 후기를 남기기도 했는데, 나는 정말로 힘들지 않았다. 그 책에서도 밝혔듯이 돈 모으기가 힘든 건 방법을 몰라서가 아니라 이유를 몰라서다. 내게 더 많은 기회를 주기 위해 돈을 모은다는 명확한 이유 덕분에 절약과 저축은 내 일상이 될 수 있었다.

이제 와서 생각해보면 할머니는 나를 끝까지 책임지고 싶으셨던 것 같다. 내가 대학교에 진학하고 결혼을 할 때까지 나를 맡으셔야 할지도 모르니 최대한 돈을 아껴야 한다고 생각하신 것이다. 대학교 3학년 때부터는 엄마와 살게 됐지만 할머니의 그런 마음만큼은 지금도 진심으로 감사히 생각하고 있다. 급식도 없던 시절, 점심과 저녁(밤 9~10시에 끝나는 야간자율학습 때문에)에 먹을 도시락을 매일 2개씩 싸주시던 할머니의 정성은 결코 값으로 매길 수 없다.

할머니에게 돈이 나를 책임지기 위한 수단이었듯 내게도 돈은 단순한 돈이 아니었다. 여러 가지 경험을 할 수 있게 해주는 기회의 수단이었다. 나는 돈 부족을 이유로 하고 싶은 일을 포기하고 싶지 않았다. 그래서 돈을 모으는 일이 생

돈 말 글

각보다 힘들지 않았다. 당장의 인내가 훗날의 기회가 돼준 다는 걸 알고 있었으니까.

돈은 쓰기 위해 존재하는 수단이다. 어디에 돈을 쓸 때 내가 진정으로 만족할 수 있는지를 찾는 일은 그래서 중요하다. 같은 돈을 쓰더라도 의미 없이 쓴 사람은 허무함을 느끼고 원래의 목적대로 원하는 곳에 돈을 쓴 사람은 뿌듯함을 느 끼기 때문이다.

힘들게 번 돈을 무의미하게 쓰지 않기 위해서는 미리 돈 의 사용처를 생각해둬야 한다. 그래야 돈을 모으는 일이 수 월해진다. '이렇게까지 해서 돈을 아껴야 하나?'가 아닌 '이 렇게 모은 돈으로 내게 좋은 걸 해줘야지!'가 될 수 있다. 모 든 일이 관점의 차이라지만 돈을 아끼고 모으는 일에도 올 바른 관점은 필수다.

가난도 동기가 될 수 있다면

○ ●

할머니 할아버지와 살았던 아파트에는 욕실이 없었다. 돈이 없으니 대중목욕탕에 가지 못할 때도 있었다. 늘 땀과 흙으로 범벅이던 나는 욕조 대신 야외의 공용 세탁기에 들어갔다. 먼저 세탁기에 물을 채운 뒤, 비누를 쥐고 옷 입은 그대로 들어간다. 양다리를 벌려 세탁기 안쪽 벽에 발을 디디면 준비 완료. 스위치를 누르면 내가 입은 옷이며 세탁물과 함께 몸까지 씻을 수 있어 일거양득이다. (중략)

하지만 한겨울에도 세탁기 노천탕에서 찬물로 씻어야 했다. 아무래도 얼어 죽을 것 같아 또다시 머리를 짰다. 세탁기에서 나오자마자 가슴을 중심으로 온몸을 찰싹찰싹 때리는 것이다. 몸에 조금 열이 오르기에 꾸준히 해왔던 이른바 고육지책이다. 그런데 알고 보니 이것이 면역력을 키우고 감기 예방에도 효과적인 건강법이라고 한다. 또 하나의 고육지책이라고 하면, 입욕할 수 없는 날에는 아쉬운 대로 일광욕을 했다. 햇볕을 쬐면 살균이 될 거라는 예상이었다. 일광욕을 하면 체내에 비타민 D가 생성되어 성장을 촉진한다는 사실을 커서 알았다. 지금껏 큰 병에 걸리지 않고 살아온 건 나도 모르는 사이에 다양한 건강법을 두루 실천했기 때문이 아닐까 싶다.

가자마 도루, 《엄살은 그만》(마음산책, 2017) 〈욕조 말고 세탁기〉 중에서

돈 말 글

_____ 스토리 창작을 해보고 싶어 드라마 작가 지망생들이 모여 있다는 온라인 카페에 가입한 적이 있다. 자주 들락거리며 게시물을 확인하다 "다시 20대로 돌아간다면 뭘 해보고 싶으세요?"라는 질문의 글을 봤다. 그 질문을 보자마자 내가 한 생각은 '무조건 부동산'이었다.

스물아홉 처음으로 내 집을 살 때는 '1억 원을 모으면 무조건 집을 사야지' 하는 생각만 있었을 뿐 내가 원하는 집이 무엇인지, 내게 어떤 집이 필요한지도 잘 몰랐다. 그저 내가 가진 1억 원에 맞춰 살 수 있는 집을 찾다 낡은 빌라를 샀다. 내가 집을 사자마자 때마침 2008년 미국발 금융 위기가 닥쳤다. 하루가 다르게 집값이 떨어지고 전세가만 올랐다.

처음부터 투자가 목적은 아니어서 크게 절망하진 않았다. 파는 과정이 힘겹긴 했지만 그래도 그때는 건강하게 이겨냈다. 문제는 지금이다. 이제 와서 생각해보니 아쉽다. '조금 더 공부해보고 살걸', '조금 더 발품을 팔아보고 살걸', '조금 더 조언을 들어보고 살걸' 하는 마음은 '그때 아파트를 샀어야 했는데', '그때 전세를 끼고 갭투자를 해봤어도 좋았을 텐데' 하는 마음으로 슬그머니 바뀌었다.

현재의 행복과 더 나은 미래를 위한 도전을 멈추지는 않겠지만, 노동의 가치가 급락하고 부동산 투자만이 최고의 해법인 것처럼 여겨지는 자본주의 사회에서 건강한 멘탈을 부여잡고 있기가 정말 쉽지 않았다.

그러니 "다시 20대로 돌아간다면 뭘 해보고 싶으세요?"란 질문을 보자마자 당시에는 내가 선택하지 않았던 아파트 구입이나 갭투자를 떠올리는 것도 무리는 아니었다. 그런데 내가 가입한 카페 멤버들이 달아둔 댓글은 달랐다. 그들은 '부동산'의 '부' 자도 꺼내지 않았다.

ㄴ 연애, 알바, 독서 등 이것저것 다양한 경험을 해볼래요.

ㄴ 독립이요. 삶에서 오는 슬픔도 기쁨도 온전히 느낄 수 있도록 독립할 거예요.

ㄴ 내가 뭘 좋아하는지, 나란 사람은 누구인지 정체성을 찾아갈 것 같아요.

부동산을 떠올린 나와는 달라도 너무 다른 낭만적인 답변이었다. 돈 이야기를 하는 작가와 스토리를 쓰는 작가는 근본부터 다른 것일까? 이 글을 쓰면서 다시 그 게시물을 찾아보니 '시간과 돈 걱정 없이'라는 조건이 뒤늦게 눈에 들어왔

돈 말 글

다. 그래서 돈 이야기가 나오지 않았던 걸까?

그래도 낭만적인 대답이라는 사실에는 변함이 없다. 왜냐하면 나는 시간과 돈이 충분하다는 가정을 확인한 후에도 부동산을 떠올렸기 때문이다. 지금의 나는 '더 많은 돈'을 바라지 않을 자신이 없다. 앞으로 남은 날들이 아직도 아득히 느껴질 만큼 긴 시간 같은데, 그렇다면 노후를 더 단단히 대비해둬야 한다는 마음이 들 수도 있지 않을까?

최근 나는 내 인생을 통틀어 그 어느 때보다 가난하다고 느꼈었다. 단순히 통장 잔고만 보면 그 어느 때보다 많겠지만 재산을 불릴 수 있는 아주 중요한 기회를 여러 번 놓쳤다는 생각이 나를 괴롭혔던 것 같다.

이 괴로움에서 벗어나려면 내가 느끼는 '상대적 박탈감'에서도 배우는 게 있어야 한다. 같은 괴로움에 또다시 빠지지 않기 위해서라도 깨달음을 얻어야 할 시점이다.

내가 가장 큰 가치를 두는 배움의 포인트는 가난이 주는 '동기부여'다. 어쨌든 지금의 나는 경제활동을 해야 한다. 자아실현만을 위해서가 아니라 미래의 나를 먹여 살리기 위한 경제활동이다. 그러다 보니 내게는 단순히 '돈을 번다'는 수

준에서 벗어나 더 효율적이고 더 생산적으로 돈을 벌고 싶다는 욕구가 있다. 그래서 사이버대학교에서 상담심리학 공부를 해보기도 하고 유튜브 편집을 배워 동영상 제작 능력을 갖추기도 했다. 일하다 만나는 사이라도 협업하면 좋을 일이 떠오르면 먼저 제안을 해보기도 한다. 지금은 스토리 창작을 배우고 싶어 드라마 작가 교육원에 다니고 있기도 하고, 웹소설을 읽고 직접 써보는 중이기도 하다.

사실 나이가 들수록 새로운 일을 시도한다는 게 말처럼 쉽지가 않다. 지금까지와는 다른 형태로 일을 해야 하는 터라 뒤늦게 배워야 할 것도 생기고 예전의 내 모습 중 내려놓아야 하는 부분도 있고 서툴다 못해 부끄러운 모습과도 마주해야 한다. 가능하다면 그다지 겪고 싶지 않은 순간들이지만 모두 내가 느끼는 가난이 나를 움직이게 하기 때문에 가능한 일들이다. 말 그대로 가난이 주는 배움이다.

그리고 이렇게 자의 반, 타의 반으로 하게 되는 새로운 경험들은 내 가능성을 분명 넓혀주고 있다. SNS도 귀찮아하던 직장인이었던 내가 혼자서 동영상을 촬영하고 편집하는 일까지 하리라곤 상상도 못했으니까. 별거 아닌 것 같은 능력일지라도 뭔가 할 수 있는 일이 늘어갈수록 삶의 자신감이

돈 말 글

차오르는 것도 사실이다.

1980년대 일본을 풍미한 배우 가자마 도루가 쓴 에세이의 한국어판 《엄살은 그만》에는 '할머니 손에 자란 배우의 맨주먹 정신'이라는 부제가 붙어 있다. 부모님의 이혼 이후 할머니, 할아버지의 연금만으로 버티는 극빈 생활 속에서 그는 가난은 괴롭지만 불행이 아니며 행복의 방법도 꼭 하나만이 아니라는 교훈을 얻었다고 한다.

'이가 없으면 잇몸으로'라는 말도 있지 않은가. 가난이나 결핍이 주는 부족함이 '스스로를 움직이는 힘'으로 다가오는 것을 느낄 때마다 나는 성장할 수밖에 없다고 생각한다. 그러니 내가 모든 걸 갖지 못했다는 사실에 감사해야 한다. 부족하다는 사실에 매몰되지 않고 그걸 극복하기 위해 능력치를 끌어올리려고 노력하는 나를 자꾸 불러낼 수 있으니 말이다.

후회할 시간에 생산적인 일을!

○ ●

제가 2018년 3월에 은퇴를 했거든요. 은퇴를 하기까지 굉장히 큰 결심이 필요했고, 두 번째 은퇴였기 때문에 쉬운 결정이 아니었어요. 대부분의 사람들이 결정하고 나서 결과가 좋으면 좋은 결정이었다고 생각하고, 결과가 나쁘면 나쁜 결정이었다고 생각하잖아요. 그게 바로 '결과로 판단하기'인데, 결정하지 않은 부분에 아쉬움이 남죠. 저도 '은퇴가 잘한 선택이 맞나?'라는 생각을 했는데, 결과가 나쁘다고 해서 그 결정이 잘못된 건 아니라고 생각해요.

애니 듀크, 《결정, 흔들리지 않고 마음먹은 대로》(에이트포인트, 2018)
독자 대표 한유미 스포츠해설가, 전 배구 선수 인터뷰 중에서

돈 말 글

_____ 소설 《딸에 대하여》(민음사, 2017)를 쓴 김혜진 작가가 은유 작가와의 인터뷰에서 서울에 올 때마다 동생이 아닌 자신에게 연락하는 엄마 이야기를 한 적이 있다. 엄마가 동생은 정규직이라 전화를 못하겠다면서 글 쓰는 자신은 논다고 생각한다는 것이었다. 은유 작가도 비슷한 의견을 보탰다. 글쓰기는 아무도 볼 수 없는 노동인 데다 노동 시간에 비례해 결과물이 나오지 않기 때문에 글이나 책이 나오기 전까지 꼭 노는 것처럼 보인다고 말이다. 이 기사를 읽으며 생각했다.

'내가 딱 김혜진 소설가의 엄마구나!'

거의 1년에 한 권씩 책을 내는 나는 책상 앞에 앉아서 보내는 시간이 많다. 출간 계약을 하고 초고를 보낼 때까지, 특히 마감을 앞두고는 거의 하루 종일 책상 앞에 앉아 있다. 세수도 못하고 끼니도 생략하고 밤에 잠도 못 자면서.

이때의 나는 정말 조심해야 한다. 예전에 함께 방송했던 사람들이 나오는 뉴스를 본다든지, 건너 건너 아는 사람이 작은 성공이라도 했다는 소식을 듣게 되면 그만 루저의 늪에 풍덩 빠지고 만다.

활동적인 일을 하던 내가 골방에 주저앉아 모니터 화면만 들여다보고 있다는 것이 시간이 지나도 적응이 되지 않는다. 게다가 글 쓰는 작업은 거의 대부분 집에서만 하기 때문에 잠깐 밥이라도 먹으려 방 밖으로 나갈라치면 그게 그렇게 마음이 불편할 수가 없다. 마치 시험 기간에 공부 안 하고 노는 학생 같다. 머리와 마음은 바쁜데 몸은 가만히 있으려니 내가 일을 하는 건지, 아무것도 안 하는 건지 헷갈린다. 급기야 나는 김 작가의 엄마처럼 나 스스로를 '노는 사람' 취급하고 만다.

김 작가는 "소설은 혼자 하는 일이니까 피폐해진다"는 말도 했다. '피폐'의 기준은 사람마다 다르겠지만 내 경우 내가 나를 노는 사람 취급하며 괴롭히는 게 피폐해지는 과정 같다. 바깥 날씨가 얼마나 좋은지도 잊어야 약속한 날까지 글이 쌓이는데, 그러려면 거울을 보고 흠칫 놀라는 일에도 익숙해져야 한다.

우아한 홈웨어를 입고 갓 내린 커피를 마시며 고고하게 키보드를 두드리는 작가의 모습은 없다. 세수도 하지 않은 채 24시간 내내 잠옷을 입는 날이 8년째 계속되고 있다. 의

자에 양반다리를 하고 앉아 머리도 긁었다가 자료 검색을 명목으로 연예 뉴스도 봤다가 고양이도 쓰다듬다가 한 문장을 수차례 뜯어고치며 느려터진 손가락의 움직임을 원망스럽게 바라보기도 한다.

매일 방송 준비를 하며 메이크업을 받고 새 옷을 입던 날이 아득하다. 카메라 앞에서 조명을 받고 환하게 웃으며 일하던 시절이 꿈만 같다. 출근도 퇴근도 없으니 월급도 없다. 자유롭게 하고 싶은 일을 하겠다고 결정한 건 나 자신이건만 '과연 옳은 결정이었을까?' 하는 생각이 들 때면 마음이 괴로운 것도 사실이다. 나는 정말 현명한 결정을 한 걸까?

사람은 어째서 오래전에 한 결정을 자꾸 곱씹을까? 한마디로 요약하면 '비교' 때문이다. 결과에 대한 판단은 나 혼자만의 결정으로 이뤄지지 않는다. 나와 다른 결정을 내린 사람의 상황까지 신경 쓰게 되고 만다. 예를 들면 나는 퇴사했지만 퇴사하지 않고 회사에 남는 선택을 한 사람도 있다. 그러니 퇴사 후의 내 상황과 재직 중인 그의 상황을 비교한다. 오래된 습관처럼 다른 사람의 현재와 나의 현재를 두고 그의 결정과 내 결정을 비교하게 된다.

하지만 아마 그때로 다시 돌아간다 해도 나는 사표를 냈을 것이다. 나는 내게 더 많은 것들을 경험할 수 있는 기회를 주고 싶어서 퇴사했기 때문이다. 계속 방송국에 다녔더라도 즐겁게 방송을 했겠지만 지금 쓰고 있는 이 여덟 번째 책을 포함한 여러 활동들은 존재하지 않았을 것 같다. 혼자 일하는 시간들이 자꾸만 내가 내린 과거의 결정을 의심하게 하지만, 게다가 그런 순간들이 앞으로도 불쑥불쑥 찾아오리란 것도 알지만 내 선택은 잘못되지 않았다고 생각한다.

좋은 결정에 대해 알려주는 책《결정, 흔들리지 않고 마음먹은 대로》는 결과가 나쁘더라도 무조건 나쁜 결정이었다고 판단해선 안 된다고 말한다. 최선의 결정을 내리더라도 결과가 늘 좋을 수는 없다는 것이다.

결과를 미리 알고 결정을 하는 사람은 없다. 그러니 결과가 마음에 들지 않는다고 해서 그 선택을 두고두고 후회해선 안 된다. 그럴 시간에 생산적인 생각과 일을 해야 앞으로 나아갈 수 있고 그래야 금전적으로도 나아진다. 루저의 늪에 빠졌던 나는 이런 생각을 하며 마음이 혼란스러울 때도 묵묵히 글을 쓴다. 끝까지 쓴다.

돈 말 글

KBS 드라마 〈쌈, 마이웨이〉에서 배우 박서준이 연기한 주인공 고동만은 학창 시절 태권도 국가대표를 꿈꾸던 유망주였으나 한 번의 실수로 인생이 달라진다. 이후 격투기 선수로 전향해 다시 한 번 꿈에 도전하며 그는 이런 말을 한다.

—— 남들이 뭐래도 쪼대로 사는 게 장땡이고 사고를 쳐야 노다지도 터지지. 남들이 뭐 먹는지 안 궁금하고 내가 서 있는 여기가 메이저 아니겠냐?

나는 노다지를 만나보기 위해 사고를 쳤다. 그럼 남들이 뭐 먹는지 궁금해하지 말아야 한다. 내가 메이저에 서 있다는 마음으로 생산적인 일을 해서 노다지를 만나야 한다. 그렇게 노다지를 상상하니 쭈그러든 마음이 조금씩 펴지는 기분이다.

우리가 돈에 집착하는 본능적인 이유

남정미 _ 왜 그렇게 인간은 악착같이 돈을 벌려고 하는 겁니까?

정은길 _ 우리가 옛날에 너무 못살았잖아요. 전쟁도 겪고 그러면서. 늘 욕망을 제어해야 되고 참아야 하니까, 내가 죽기 전에, 한번 떵떵거리고 잘살아보고 싶다, 누릴 거 누리고 싶다, 이런 마음 아닐까요?

남정미 _ 그 말도 통하는 것 같아요. 결국에는 떵떵거리고 살 수 있을 때 주변에 사람들이 모이거든요. 결국에는 다 외로워서 그렇다고 합니다. 주변에 사람들을 두기 위해서.

고미숙, 《돈의 달인, 호모 코뮤니타스》(북드라망, 2013)
독자 대표 남정미 코미디언 서평가 인터뷰 중에서

돈 말 글

_____ 첫눈스피치를 운영하며 정말 다양한 수강생을 만났다. 성별도, 나이도, 목적도, 고민도 천차만별이었다. 한번은 나이가 지긋한 남자 수강생과 약 2개월간 수업을 진행한 적이 있다. 뒤늦게 대학에 입학해 젊은 학생들과 캠퍼스 생활을 하던 그는 특이하게도 종종 자신의 재력을 과시했다.

어릴 때 아버지가 들인 계모의 모진 학대가 괴로워 집을 뛰쳐나왔다가 남의 집 머슴살이를 하는 등 온갖 고생을 하며 산전수전을 다 겪었다고 했다. 그러다 우연히 한 선교사가 자신을 거둬준 덕에 겨우 생명을 부지할 수 있었는데, 어느 날 갑자기 아버지의 부고 소식과 함께 300억 원의 재산을 물려받게 됐다는 것이었다.

이제는 자신처럼 어려운 상황에 처한 학생들을 도와주는 재단을 만들고 싶어 날 찾아왔다고 했다. 앞으로 사람도 부려야 할 텐데 말을 좀 더 교양 있게 하고 싶다는 게 내 수업을 듣는 이유였다. 대학에 들어간 이유도 마찬가지였다.

처음 그 이야기를 듣고 얼마나 놀랐는지 모른다. 그런 엄청난 개인사를 첫 수업 때 밝히는 수강생이 몇 명이나 되겠는

가. 그래도 스피치를 배우고자 하는 구체적인 이유라고 생각해 그의 목적에 맞는 커리큘럼을 짜고 수업을 진행했다.

그런데 이어지는 수업에서도 그는 종종 자신의 재산 이야기를 꺼냈다. 자신이 타고 다니는 바이크나 요즘 관심 있는 자동차에 대해 말하기도 했고, 정말 많은 돈을 갖게 되면 막상 사고 싶은 게 별로 없다고도 했다.

저렇게 돈이 많다는 이야기를 자꾸 하면 주위에서 도움을 받고 싶어 하지 않을까 생각하던 차, 아니나 다를까 자꾸만 돈을 빌려달라고 하는 사람들 때문에 골치가 아프다는 말을 덧붙이는 게 아닌가. 내가 보기엔 그가 재력을 과시하지만 않는다면 그 고민이 해결될 것 같은데 정작 자신은 그걸 모르는지 종종 튀어나오는 재산 이야기가 자제되지 않는 듯했다.

왜 아무도 묻지 않는 이야기를 자꾸만 할까. 곰곰이 생각해보니 외로움 때문이 아닌가 싶었다. 돈이 많다는 말을 하지 않으면 주위에 사람이 모이지 않는다는 생각이 자신도 모르게 불쑥불쑥 드는 것처럼 보였다.

'나 이렇게 돈 많은 사람이다'라고 어필하면 할수록 사람

돈 말 글

들이 모였을 것이다. '잘하면 도움을 받을 수도 있지 않을까?' 하고 기대하는 사람들 말이다. 물론 처음부터 그런 마음을 드러낼 순 없으니 함께 어울리며 즐거운 시간을 보냈을 테고 그때 사람들이 보내는 관심과 호의 덕분에 그는 잠시 외로움에서 멀어진 것처럼 느꼈을 것이다. 그러다 점차 시간이 지나 그렇게 모인 사람들이 서서히 도움받길 바라는 본심을 내비칠 때면 다시 외로워졌던 것은 아닐까. 자신을 물주처럼 여기는 것에 화가 날 때도 있었을지 모른다. 내 친구의 친구는 돈이 많은 부자면서도 일부러 밥을 얻어먹는다고 했다. 자기가 한번 사기 시작하면 그게 습관이 될까 봐 경계한다는 것이 그 이유였다.

실제로 나는 자기 입으로 돈 많다고 말한 사람치고 돈 잘 쓰는 사람을 아직 못 만나봤다. 카페를 가도 커피를 얻어 마시고 어쩌다 자기가 내기라도 하면 그렇게 생색을 낸다. 그러고는 공식적인 자리에서 돈 많다는 이야기를 거리낌없이 한다. 정말 돈이 많아 내 친구의 친구처럼 사람을 경계하는 건지, 자잘한 돈까지 모조리 아낀 덕분에 돈이 많은 건지, 그것도 아니면 말로만 많은 건지 여전히 잘 모르겠다.

아직 돈이 아주 많지 않아서 확언할 순 없지만 나는 돈이 아무리 많다 해도 내 입으로 그 재력을 과시하지는 않을 것이다. 돈을 자랑하기보단 지갑을 자주 열 것이다. 돈은 자랑하라고 있는 게 아니라 쓰라고 있는 것 아니던가. 돈이 많다면 나를 만나주는 사람들에게 밥과 커피를 사는 게 뭐 그리 어려울까 싶다.

그러고 보니 내가 아는 부자 중에 지갑을 잘 여는 사람이 딱한 사람 있긴 하다. 바로 남편의 외할아버지다. 워낙 옛날 분이라 딸의 손주는 늘 열외로 치는 탓에 남편에게 뭘 챙겨주신 적은 거의 없지만 명절에 시외할아버지 댁에 가보면 아들딸과 며느리, 친손주들을 위해 매번 선물과 봉투를 준비하시는 모습이 인상적이었다.

시외할아버지는 배드민턴 동호회 활동도 하시는데, 그곳에서도 밥을 잘 사시는 걸로 안다. 그런 자리에서 누가 뭘좀 사달라는 부탁을 하면 필요 없는 물건도 기꺼이 구입하신다. 그래서 시외할아버지 댁에 가면 처음 보는 물건들이방 한편에 쌓여 있다.

없는 살림에 그런 씀씀이라면 문제겠지만 돈이 충분한시외할아버지에게는 조금도 문제가 되지 않는다. 오히려 그

돈 말 글

런 씀씀이 덕분에 90세 초반의 나이에도 주변에 늘 사람들이 있다. 몇 년 전 시외할머니가 돌아가신 뒤로 혼자 사시지만 고립된 삶이 아닌 주위 사람들과 어울리는 삶을 선택하셨다. 나는 그런 선택이 즐겁게 지갑을 연 덕분에 가능해졌다고 생각한다. 말로만 돈이 많다고 말하는 실체 없는 부자보다 실제로 돈을 쓰는 사람 옆에 있고 싶은 게 인지상정 아니겠는가.

시외할아버지를 보고 느낀 바가 크다. 돈 좀 있는 할머니가 된 내 모습을 구체적으로 그려본 적은 없었는데 시외할아버지를 알게 된 후로 그 모습을 닮고 싶다는 생각을 했다. 나 역시 외롭고 싶지 않은 사람이라 그런가 보다. 외롭고 싶지 않아서 돈을 벌고 모은다는《돈의 달인, 호모 코뮤니타스》의 내용이 더더욱 와닿는다.

돈이 많아도 일할 건데요

○ ●

우리는 부동산, 예금 등으로 대표되는 유형자산은 반드시 갖춰야 하는 것으로 인식하고 살아가는데, 그에 비해 무형자산에 대해서는 비교적 소홀한 경향이 있습니다. 행복한 삶은 좋은 사람들과의 '관계' 속에서 기술과 지식을 활용해 '자아'를 성취하고 정신적, 신체적으로 '건강'하게 살아가는 것을 의미하는데요. 이 모든 것들이 무형자산이고 이는 우리가 풍요로운 삶을 사는 데 금전적인 자산만큼 중요하다고 볼 수 있습니다.

린다 그래튼, 앤드루 스콧, 《100세 인생》(클, 2017) 성준근 에디터 인터뷰 중에서

돈 말 글

_____ 음식 배달 앱으로 유명한 '배달의 민족'이 독일의 딜리버리히어로(Delivery Hero)에 인수되면서 40억 달러의 회사 가치를 인정받았다는 뉴스를 봤다. 이 과정에서 '배달의 민족' 초기에 3억 원을 투자한 한 회사는 무려 2,990억 원의 수익을 기록했단다. 무려 1,000배의 수익률이다. 내가 만약 1억 원을 투자했다면 1,000억 원에 가까운 돈을 받을 수 있다는 계산이 나온다.

로또도 잘 사지 않는 나지만 잠시 1,000억 원이 생긴다면 그 돈을 어디에 쓸까 상상해본다. 우선순위가 너무 뻔해서 상상이 금세 끝나버린다. 대부분의 사람이 그렇겠지만 가족과 내게 필요한 집과 차를 사고 내가 일할 공간을 마련하고 나면 나머지는 없어도 사는 데 큰 지장이 없는 돈이 된다.

여기서 정말 중요한 포인트는 '일할 공간'이다. 아니, 돈이 그렇게 많은데 일을 한다고? 내가 일할 공간을 임대하지 않고 사고 싶다 하니 자영업 경험이 있는 한 지인은 "그런 공간이 있으면 왜 일을 해요? 그냥 임대하면 되죠"라고 되물었다. 그의 말에 따르면 자영업(첫눈스피치처럼 사업 규모가 크지 않은)으로 일해서 버는 돈이나 임대료로 받는 돈이나 큰 차이가 없다고 한다. 그러니 굳이 노동해서 돈을 버는 것보다 그냥 편하게 돈을 버는 쪽이 훨씬 효율적이라는 것이다.

맞다. 그런 생각을 하지 못하는 나라서 부동산 투지에 나선 적도, 이득을 본 적도 없는 게 당연한 일인지도 모르겠다. 그런데도 나는 내 생각을 바꿀 마음이 없다. 취미 생활만 하면서 인생을 살고 싶지는 않기 때문이다. 나는 세상에 속한 상태로 내가 좋아하는 일을 하고 싶다. 회사를 그만두고 프리랜서로 살다 보니 사람들과 함께 어울려 일하는 삶이 얼마나 중요하고 소중한지 그 누구보다 잘 알게 됐다.

만약 돈이 정말 많이 생겨 아무 일도 안 하기로 했다고 치자. 그럼 만날 사람이 없다. 좋은 옷을 입고 멋진 자동차를 타도 갈 데가 없다. 친구들을 만나서 쏘는 것도 하루 이틀이지, 나중에는 나눌 이야기도 점차 사라지게 될 것이다.

결혼을 하자마자 시할머니로부터 60억 원을 받았다는 내 친구의 친구는 백화점에 가서 "여기부터 저기까지 다 주세요"라고 말하고 옷, 신발, 가방을 전부 쓸어 와도 그걸 쓸 일이 없다고 한다. 심지어 집에 와서는 아예 열어보지도 않는다니, 인생에서 정말 중요한 건 나를 꾸밀 물건보다 내가 속할 수 있는 세상의 존재 유무가 아닌가 싶다.

아침에 일어나 갈 곳이 있고 주위 사람에게 인정받으며 할 수 있는 일이 있다면 삶의 만족도가 올라간다. 돈으로 살 수 없는 그것들이 내가 가치 있는 사람으로 살아갈 수 있게 하는 발판이 되기 때문이다. 생산하지 않고 소비만 하는 삶에서의 가치 증명은 돈을 쓰는 순간에만 짧게 존재하므로 계속 돈을 써도 헛헛한 마음이 가시지 않는다.

물론 돈이 엄청 많다면 얼마를 버는지 신경 쓰지 않고 그저 하고 싶은 일만 하면 된다. 상상만으로도 즐거운 상황이다. 그러나 내가 한 일의 대가는 내 능력의 증명이다. 아무리 돈이 많다 해도 돈도 못 버는 일을 하며 계속 즐거울 수 있을까? 돈 생각 안 하고 내 쓸모를 나누고 싶다면 일이 아닌 자원봉사나 재능 기부를 하면 된다.

어학연수를 위해 호주에 머물던 20대 초반, 나는 공부를 마치고 워킹홀리데이 비자로 한 쇼핑센터 안에 있는 가방 매장에서 주 5일 풀타임으로 일을 했다. 아침에 일어나 '갈 곳'이 있고 여러 명의 직원들과 함께 '할 일'이 있고 매주 목요일이면 '급여'가 나오는 생활을 하며 나는 진심으로 행복한 날들을 보냈다. 낯선 세상 바깥에서 이방인으로 살다가 드디어 그 낯선 세상 안에 속한 기분이 들었기 때문이다.

그때 느낀 그 감정을 평생 잊지 못할 것이다. 그리고 그 감정을 앞으로도 계속 느끼고 싶다. 그러려면 '사람은 혼자 살 수 없다'는 생각을 잊지 말아야 한다.

실제로 2020년 상반기부터 계속 코로나19로 의도치 않은 단절을 겪게 된 사람들은 "혼자이고 싶지만 연결은 되고 싶다"고 이야기한다. 그래서 우리는 어떻게든 타인과 연결되기 위해 온라인으로라도 소통하길 멈추지 않는다.

돈 1,000억 원이 있다고 해서 외로움을 느끼지 않는 건 아니다. 혼자 살아도 외롭지 않은 부자, 그 누구와 소통하지 않아도 사는 데 지장 없는 부자는 없다. 돈이 베고 잘 만큼 많아도 경제활동을 지속하는 건 더 많은 돈을 갖고 싶어서라기보다 혼자 살 수 없는 존재가 사람이기 때문이라고 생각한다.

그런 까닭에 나는 돈이 많이 생겨도 계속 일을 하고 싶다. 이왕이면 다른 사람들이 내가 하는 일을 가치 있게 봐줬으면 좋겠다. 내 능력을 인정해주고 기꺼이 그에 대한 대가를 지불하고자 하는 이들과 만나고 싶다. 그리고 마음 맞는 사람들과 어울리며 교류의 끈도 놓지 않고 싶다.

돈 말 글

책《100세 인생》에서는 이 모든 것들이 풍요로운 삶을 위한 '무형자산'이라고 말한다. 무형자산 없이는 행복한 삶을 기대할 수 없다는 것이다. '돈이 최고'라는 가치관이 점점 굳어지는 요즘이다. 돈만 좇다가 돈보다 더 중요한 삶의 보물을 놓치는 사람이 되지는 말아야겠다.

말하기의 어려움을 극복하려면

2

인생 사전에서 '당연히'와 '절대로'를 빼보면

우리가 평소에 사용하지 말아야 할 말 중에 '당연히'가 있어요. "당연히 …해야 한다", "절대로 …해서는 안 된다" 이런 형태로 나타납니다. 이게 우리 속을 뒤집어놓는 말이기도 한데요, 우리가 사는 세상에는 당연하지 않은 일이 너무 많아요. '당연히'라는 말에 사로잡혀 있을 때 삶이 피곤해지기도 합니다.

《정신과 의사에게 배우는 자존감 대화법》(사람과나무사이, 2017)
문지현 저자 인터뷰 중에서

돈 말 글

_____ 내 인생에 아이는 '당연히' 없다고 생각했다. 결혼 준비를 하며 남편과도 충분히 합의한 부분이었다. 우리에게 아이는 '절대로' 없다는 데 서로 동의하며 우리는 그 어떤 다툼이나 갈등도 겪지 않았다. "저녁 뭐 먹을래?" 같은 평범한 일상 대화를 나누듯 지나간 순간이었지만 그 묵직한 약속의 의미가 무엇인지 서로 모를 리 없었다.

결혼 후 5년이 지나는 동안 주위에서는 우리의 자녀 계획을 두고 말이 많았다.

"아직도 아이 생각이 없어?"

"그래도 결혼하면 마음이 좀 바뀐다던데 안 그래?"

이런 물음에 나는 1초도 망설이지 않고 대답했다. 그것도 아주 빠르고 단호하게.

"응. 전혀!"

그냥 하는 말이 아니라 정말 그랬다. 당연히, 절대로 아이는 없다고 생각했던 남편과의 합의에는 조금도 흔들림이 없었다. 무엇보다 나는 아이를 행복하게 키울 자신이 없었다. 아이들의 불행 지수가 높기로 유명한 한국의 교육제도나 흙수저니 금수저니 하는 계급사회의 차별을 겪게 하고 싶지 않아서가 아니다. 나는 아이에게 "엄마, 나 정말 행복해"라는 말을 들을 자신이 없었다.

세상은 자신이 겪은 만큼 보인다고 하지 않던가. 나는 어린 시절 행복한 기억이 별로 없다. 취업 준비생이 자기소개서에 언급했다가는 바로 서류 탈락 사유가 된다는 '성실하신 아버지와 인자하신 어머니 밑에서 자란 저는…' 같은 이야기를 쓰고 싶어도 쓸 수가 없었다. 예전에 출간한 몇몇 책에 부모님의 이혼을 언급한 적은 있지만 그 때문에 내 삶이 크게 불행했다는 이야기를 구체적으로 한 적은 없다. 할 말이 없어서가 아니라 굳이 다시 들춰보고 싶지 않아서 나도 모르게 피했는지도 모른다.

나는 꽤 오랫동안 부모가 되는 일에 두려움을 느껴온 탓에 결혼을 하면서 그 문제에 관해서는 깔끔한 매듭을 짓고 싶었던 것 같다. 그래서 당연히, 절대로 같은 단어를 써가며 확실하게 자녀 계획을 정리했다.

이 과정에서 내가 착각한 게 하나 있는데, 바로 사람의 생각이 고정불변하다고 믿었던 것이다. 아, 이렇게 어리석을 수가! 이 세상에 당연한 것이 어디 있고 절대 불변하는 것이 어디 있단 말인가.

돈 말 글

결혼한 지 10년이 지나면서야 비로소 '당연히'와 '절대로'를 뺄 수도 있겠다는 생각이 들었다. 아이를 갖고 싶다는 마음이 적극적으로 생긴 정도까지는 아니지만 '이제 내 삶에 아이가 있어도 괜찮지 않을까?' 하는 생각이 슬그머니 들기 시작했다. 당연히와 절대로의 단단했던 벽에 미묘한 틈을 만들어준 건 다름 아닌 '정스타'였다.

지난 2019년 3월 나는 두세 살로 추정되는 유기묘 한 마리를 입양했다. 하나의 생명을 보호해야 한다는 책임감이 너무 무겁게 다가와 무려 3년 가까이 고민한 후에야 결정한 일이었다. 실제로 만난 녀석에게선 반짝반짝 빛이 났다. 예전 보호자는 이 아이를 '햇살' 같다고 표현하기도 했는데 스스로 빛을 내는 아이에게 나는 스타라는 이름과 내 성을 같이 붙여줬다.

스타를 만나고 나는 단순하지만 강력한 행복이 무엇인지 알게 됐다. 스타의 보드라운 털을 쓰다듬고 있을 때 찾아오는 따뜻한 안정감은 내가 이제껏 느껴본 적 없던 새로운 종류의 행복이었다. 할 일이 쌓여 마음이 급하고 정신이 없을 때 스타와 잠시 나란히 누워 있으면 마음이 차분해지면서 미소가 떠올랐다. 내 손길을 느끼며 편안한 듯 눈을 감는 스타를 보면 모든 시름이 사르르 녹는 기분이 들었다.

스타가 아무런 경계도 하지 않은 채 배를 드러내고 숙면을 취할 때, 한숨 푹 자고 일어나 있는 힘껏 기지개를 켤 때, 다양한 울음소리로 원하는 걸 표현할 때, 앞발로 나를 툭툭 건드리며 의사소통을 시도할 때마다 나는 새로운 세상으로 빨려 들어가는 것 같았다. 내게 마음의 문을 열고 하는 행동, 나를 믿고 의지하며 보이는 눈빛에서 교감의 기쁨이 무엇인지 경험한 덕분이다. '아, 이런 게 행복이구나!', '나는 지금 참 행복하구나!' 마음이 간질간질 반응한다. 이래서 어느 시인은 봄을 고양이라고 한 걸까. 겨울 같던 내 마음에 스며드는 따뜻한 봄 햇살을 매일같이 느끼는 날들이 이어졌다.

그러다 문득 이 행복을 내 아이와도 함께 나누고 싶다는 생각이 들었다. 나만 알고 있기 아까울 정도로 행복한 이 시간을 아이와도 공유할 수 있다면 내가 그토록 자신 없어 하던 "엄마, 나 정말 행복해"라는 말을 들을 수도 있지 않을까 하는 기대가 생긴다. 내게 무한한 행복을 일깨워주는 스타 덕분에 나는 이미 존재했지만 제대로 발견하지 못했던 것들을 보고 듣고 느끼게 된 것이다.

돈 말 글

'당연히'와 '절대로'란 두 단어가 왜 사람 속을 뒤집어놓는 말인지, 왜 삶을 피곤하게 만드는 말인지 이제 조금 알 것 같다. 이 말들은 내가 나 스스로에게 족쇄를 채우게 했다. 나도 모르게 내 행동에 제약을 만들고 불필요한 원칙을 고수하느라 보이지 않는 틀에 갇혀 옴짝달싹할 수 없게 만들었다.

두 단어를 더는 입에 담지 않음으로써 나는 예전보다 더 자유로워졌다. 자녀 계획뿐만이 아니다. 내가 당연하다고 생각했던 것들, 절대로 원하지 않았던 것들에 대해서도 예전보다 훨씬 넓게 바라볼 수 있으리란 자신감이 생긴다. 이 기분 그대로 나는 일상의 행복 사이를 기꺼이 날아다닐 수 있을 것만 같다.

할 말은 하고 삽시다

○ ●

내게 뭔가 부당한 일이 닥쳤을 때 참기까지 하면 너무 가혹한 일인 것 같아요. 내가 상처받고 피해를 봤는데 왜 참는 것까지 내 몫인가. 막상 그 부당한 일을 저지른 사람은 아무 생각이 없거나 저의 상처를 전혀 신경 쓰지 않아요. 아마 그 사람이 저와의 관계까지 생각했다면 뒷담화가 나올 만큼 저한테 함부로 하지 않았을 거예요. 저는 그 사람에게 살짝 경고를 하고 싶은 마음으로 뒷담화를 해도 된다고 생각해요.

《빨강머리N 난 이래, 넌 어때?》(마음의숲, 2017) 최현정 저자 인터뷰 중에서

돈 말 글

　　　　　　　　회사를 그만두고 자유인이 되면 무엇이 가장 힘들 것 같은가? 금방 떠오르는 괴로움은 경제적인 부분이겠지만 그보다 더한 고통이 있다. 바로 '외로움'이다. 기자 생활 10년 차에 회사를 그만두고 자유기고가로 살고 있는 김소민 작가 역시 《가끔 사는 게 창피하다》(한겨레출판, 2020)라는 책에서 이 부분을 지적한다. 하루 종일 그 누구와도, 단 한 마디도 말을 하지 않는 상황에 처하다 보니 그 고통이 이루 말할 수 없게 괴로웠던 것이다(말하지 못하는 것도 괴로운데 그 고통도 말할 상대가 없다). 참다못한 그는 종교 쇼핑에 나서기도 하고 동네 성당 봉사회에 나가 하루 동안 한 달 치 대화 할당량을 채우고 오기도 했다.

　　이 대목에서 얼마나 고개를 끄덕였는지 모른다. 10년 넘게 조직 구성원으로 살다가 혼자 떨어져 나온 나 역시 외로움 탓에 심히 괴로웠기 때문이다. 점심을 먹으며 지난밤 드라마 이야기하기, 나른한 오후 커피를 마시며 상사 흉보기 등이 갑자기 사라지면 삶은 무채색이 된다. 할 말은 있으되 말할 기회가 없는 것만큼 삶을 무기력하게 만드는 일도 없다는 걸 경험으로 알게 된 나였다.

특히 일하면서 겪게 되는 부당한 상황들이 그랬다. 일하는 내내 처음과 달리 계속 말이 바뀌는 상대, 약속을 당당하게 지키지 않는 회사나 말도 안 되는 조건을 당연하게 제시하는 사람을 만날 때면 그들을 욕하고 싶은 욕구가 끓어올랐다. 문제는 그때그때 이야기를 할 대상이 없다는 것이다. 왜? 나는 혼자 일하는 프리랜서이자 1인 기업가니까.

친한 친구에게 얘기하자니 다들 회사에 있어 너무 바빴고 엄마에게 말하면 무조건 나보고 참으라고 했다. 세상이 다 그런 거라는 말과 함께. 그럼 내 분노에 공감하지 못하는 엄마에게 더욱 분노하는 나 자신을 발견할 수 있었다.

내 뒷담화를 들어주는 대상은 자연스럽게 나와 가장 가까이 있는 남편이 됐다. 물론 그는 듣고 싶어 하지 않았다. 남들 욕하는 소리를 계속 듣고 싶은 사람은 없겠지만 나는 그게 너무 서운했다. "내가 다시는 오빠한테 일 얘기 하나 봐"라고 큰소리치며 부부 싸움을 한 적도 있었다.

뒷담화를 일 얘기로 포장해 변명하긴 했지만 어쨌든 내가 하고 싶은 이야기를 충분히 하지 못하는 고통, 내 이야기에 귀 기울여주는 사람을 만날 수 없다는 현실 앞에 나는 여러 번 무너졌다. 풀타임까지는 아닐지라도 파트타임이

돈 말 글

든, 일주일에 한 번이든, 한 달에 한 번이든, 어떤 조직에라도 소속되고 싶은 욕망이 들끓었던 적도 있었다. 공통의 관심사를 주제로, 모두가 알고 있는 문제로 수다를 떨 수 있다면 그 어디에라도 소속되고 싶은 욕망이었다. 그 마음이 얼마나 강했던지 나도 모르게 여기저기 이력서를 내고 심지어 면접까지 보고 온 적도 있었다. 무려 2019년 봄의 일이었다. 다시 생각해도 그때의 나는 제정신이 아니었는데 그 정도로 혼자 일하는 외로움은 상상을 초월한다.

그러고 보면 뒷담화는 사람의 본능일지도 모르겠다. 그렇지 않고서야 내가 이렇게 예상치 못한 행동을 할 리가 없다. 나는 프리랜서로 일하면서 목적 없는 만남을 거의 갖지 않았다. 새로운 일을 하기 위한 사전 미팅, 중간 회의 등이 아니고서는 만나자고 할 이유가 없었기 때문이다. 마감 등의 일정으로 시간적 여유가 없던 것도 한몫했다.

　그러나 사람은 빵만 먹으며 살 수 없는 존재라고 했던가. 일 이야기만 하는 것으로는 대화 할당량이 채워지지 않았다. 그래서 김 작가가 성당 봉사회에 나갔듯 나는 회사 구경이라도 하고 싶어 면접을 부득불 보러가기도 했던 것이다.

사람은 꼭 후회되는 행동을 하고 나서야 정신을 차린다. 특히 나는 적당한 때 브레이크를 잘 걸지 못한다. 불구덩이 속에 나를 내던신 나음에아 뒷일을 수습하며 앞으로 나아갈 방법과 방향을 찾는다. 이후 나는 외롭지 않게 일하기 위해 공유 사무실에 입주했고 나처럼 혼자 일하는 사람들과 만나 일상적인 이야기를 나눴다.

공유 사무실에 입주하자마자 내가 한 일은 사람들을 부르는 것이었다. 내가 여기에 있으니 시간이 되거든 아무 목적 없이 그저 오며 가며 들렀으면 좋겠다고 말이다. 진짜로 찾아와 준 사람들과는 차를 마시며 시답지 않은, 사는 이야기를 나눴다. 지금 하고 있는 고민과 준비 중인 일 이야기도 했지만 나를 힘들게 하는 사람에 대한 뒷담화도 당연히 섞여 있었다. 드디어 숨통이 트이는 기분이 들었다. 아, 삶이 조금씩 다양한 빛깔을 띠기 시작했다. 기뻤다.

새롭게 얻은 아주 좋은 아이디어도 있었다. 나와 대화를 나눈 한 프리랜서는 혼자 일하는 사람들과 분기에 한 번씩 점심을 먹는 모임을 갖는다고 했다. 외로움을 덜기 위한 방편이었다. 대화할 일이나 다른 사람과 같이 밥 먹을 일이 거의 없으니 그런 모임을 만든 것이다. 그런데 그 시간이 은근

히 기다려지고 거기서 나누는 대화가 그렇게 좋을 수가 없다며 나를 초대하기도 했다. 역시 혼자 일하는 외로움과 뒷담화를 나누지 못하는 고통은 나 혼자만의 것이 아니었다. 뜨거운 동지애가 내 마음을 훈훈하게 지폈다.

그 뒤로 나는 여유가 될 때마다 수다를 위한 약속을 따로 잡는다. 뒷담화 게이지가 가득한 사람과 만나 끼니도 거른 채 밀린 대화를 쏟아낸다. 집에 오면 탈진 지경이 되는 만남이지만 이상하게도 외로움이 덜어져 마음이 한결 가벼워진다.

서로를 글벗이라고 부르는 한 스타트업 대표와는 1박 2일 합숙이 필요할 정도로 대화가 끊이지 않는다. 8시간은 기본으로 수다가 이어지는데, 아무리 끼니가 걸쳐 있는 시간에 만나도 배가 안 고프다. 채우는 것과 쏟아내는 건 동시에 할 수 없는 일인가 보다. 그러니 먹는 걸 좋아하는 내가 말을 더 많이 하고 싶어 배고픔을 외면하는 것이리라.

삶이 무기력하고 외로움이 몸서리치게 싫을 땐 뒷담화를 나눌 사람을 찾아보자. 하고 싶은 말도 못하고 살면 병이 난다. 뒷담화를 절대 참지 말자. 내 입으로 하고 싶은 말을 하며 살아야 건강하고 즐겁게 살 수 있다.

관계의 거절도 하나의 말하기다

○ ●

제가 대학교에 다닐 때 계속 무리한 부탁을 하는 친구가 있었어요. 처음에는 같이 놀자는 정도였는데, 저는 싫었어요. 집에서 하는 일 없이 노는 건 맞지만 저한텐 중요한 충전의 시간이었거든요. 근데 죄책감이 들더라고요. 특별히 하는 일도 없는데 친구의 말을 거절한다는 게. 그렇게 한동안 끌려다니다가 도저히 못 참겠는 순간이 왔는데도 말을 못했어요. 같은 교실에서 계속 볼 텐데 내가 싫다고 했다가 친구가 내게 인사도 안 하면 어떡하지? 다른 친구들한테 내 뒷담화를 하면 어떡하지? 이렇게 일어나지 않은 일에 대해서 걱정이 너무 많았던 거예요. 그래서 졸업을 기다렸습니다.

졸업을 앞두고 친구가 "너 요즘엔 왜 이렇게 연락을 안 해?"라고 물었어요. 예전 같으면 바로 "미안해"라고 말했을 텐데, 제가 용기를 내서 "응"이라고만 했어요. '미안해'를 생략한 거죠. 그렇게 두세 번 연락이 오다가 끊어졌어요. 그게 처음으로 제가 관계를 끊었던 일이었어요. 실제로 관계를 끊고 보니까 너무 편한 거예요.

《싫다고 말해도 괜찮아》(지금이책, 2017) 김진희 저자 인터뷰 중에서

돈 말 글

_____ "은길아, 아르바이트 안 할래? 딱 이틀만 하면 되는데!"

대학교에 입학하고 맞은 첫 여름방학이었다. 학교 방송국 활동을 했던 터라 방학을 하고도 계속 학교에 나가야 했는데, 마침 방송국에서도 며칠 휴가를 줬다. 이 소중한 시간을 어떻게 보내면 좋을까 고민 중일 때 중학교 동창에게서 아르바이트 제안을 받았다.

우리는 중학교 2학년 때 같은 반이었다. 그 친구가 반장, 내가 부반장이었다. 가까운 사이로 함께 보내는 시간이 많았지만 중학교 졸업 후에는 한 번도 만나지 못했다. 오랜만에 친구를 만나는 것도 좋은데 같이 아르바이트를 한다고? 생각만으로도 신이 났다. 대학생이 되어 처음 해보는 아르바이트라는 설렘도 있었다. 원래 나는 예쁜 커피숍 아르바이트에 대한 로망이 있었지만 지원할 때마다 번번이 거절당했다(카페 알바 경력을 묻는 질문에 매번 솔직히 '없다'고 답한 것이 이유라고 나 혼자 결론지었다). 이번에야말로 대학생다운 아르바이트를 할 수 있을까 내심 기대가 컸다.

친구가 말한 아르바이트가 뭔지 제대로 듣지는 못했다. 자세히 설명해줄 마음이 없었는지, 내가 궁금해하지 않았는지는 모르겠다. 어쨌든 약속한 장소에 시간 맞춰 나가니 반가운 얼굴이 나를 반겼다. 오랜만에 만나는데도 이색함이 조금도 느껴지지 않았고 서로 "너 정말 예뻐졌다" 같은 말을 주고받았던 기억이 난다.

그런데 그 친구가 나를 데려간 곳에서 뒤늦은 어색함이 몰려왔다. 그곳은 바로 다단계 현장이었다. 내 친구가 나를 데려왔듯 저마다 지인을 데려온 사람들로 가득했다. 여자 친구를 데려온 남자 대학생, 동네 동생을 데려온 재수생 등 모두가 내 또래처럼 보였다. 뉴 페이스가 자리에 앉으면 그를 데려온 기존 멤버가 그 뒤에 서는 식으로 자리가 얼추 정돈되자 마치 유명 컨퍼런스처럼 강연자들이 릴레이로 스피치를 이어갔다.

"우리는 다단계가 아니다", "나도 여러분과 같은 대학생이지만 다이아몬드 등급까지 가서 매달 1,000만 원을 벌며 부모님께 효도한다" 등등 무대 위에 선 사람들은 하나같이 이상한 말들을 했다. '이게 아르바이트라고?' 하는 의문을 가진 채 뒤를 돌아봤다. 그러자 '큰돈을 벌 수 있는 좋은 기회에 내가 널 데려와 준 거야'라는 눈빛으로 날 쳐다보는 친

돈 말 글

구를 볼 수 있었다. 다단계라는 말을 그곳에서 처음 들었는데도 이건 아니라는 느낌이 왔다. 월 1,000만 원이라는 단어에 초롱초롱 반짝이는 눈망울들이 가득했지만 이건 정말 아니라는 생각이 본능처럼 들었다.

길고 긴 릴레이 강연이 끝나고 그들은 뉴 페이스가 자리를 뜰 때마다 내일 다시 올 것인지 압박 면접처럼 물었다. 다들 격하게 고개를 끄덕이며 그러겠다고 답했다. 나 역시 그들과 같은 연기를 하고 밖으로 나와서는 그 친구와 연락을 끊어버렸다. 나름대로 가까웠던 사이라고 생각했는데 내 단호함에 나도 놀랄 정도였다.

사람 사이의 거절도 하나의 말하기다. 단순히 "안 해요", "싫어요"라고 말하는 거절이 아닌, 관계를 끊는 거절도 그렇다. 《싫다고 말해도 괜찮아》를 쓴 김진희 작가와 이야기를 나누며 이 거절이 처음에는 얼마나 어려운지, 그런데 막상 실천하고 나면 얼마나 편안해지는지 깊이 공감할 수 있었다.

나는 사람과 관계를 맺을 때 처음부터 벽을 세우진 않는다. 상대를 잘 모르기 때문에 어떤 편견도 없이 그 사람이 하는 말을 그냥 믿어준다. 별로 하고 싶어 하지 않는 말은 굳이 캐묻지 않는다. 어떤 계기로 이상한 점을 발견하면 그때 거리를 둔다. 다단계 경험 역시 마찬가지였다.

내 경우는 다단계라는 강렬한 충격 덕분에 비교적 단초하게 거절의 언어를 실천할 수 있었지만 어딘지 모르게 불편한 관계에 선을 딱 그어버리는 일이 말처럼 쉽진 않다. 게다가 사회생활을 하면서부터는 그 애매한 불편함이 더욱 크게 느껴진다. 말로는 돈 욕심 없다면서 행동으로는 돈 될 만한 일에만 몰두하는 사람, 앞에서는 세상 친절하지만 뒤에서는 앞장서서 험담하는 사람, 일거수일투족을 자랑하는 사람 등 우리를 불편하게 하는 이들이 차고 넘친다.

이런 사람이 친구라면 학교를 졸업한 뒤에는 멀어질 수 있고 이해관계로 얽혀 있지 않아 비교적 거절의 언어를 구사하기가 괜찮다. 하지만 일하면서 만난 관계는 또 다르다. 당장은 별로여도 앞으로의 관계가 어떻게 발전할지 알 수 없어 싫은데 조심스럽다. 거절을 실천하고 싶어도 망설여지는 이유다.

요즘 내 주위에는 왠지 모르게 마음을 불편하게 하는 사람이 한 명 있다. 겉으로 보이는 메시지는 '나 게으르게 아무

돈 말 글

것도 안 하고 마음 편히 삽니다'지만 그의 SNS는 '이거 봐라. 나는 이것도 했고 이것도 놓치지 않았고 이것도 이뤘다'는 피드로 도배돼 있는 식이다. 그냥 그런가 보다 하면 되는데 그게 잘 안 된다. 마음이 조급해지면서 그 사람이 가진 것들과 내가 못 가진 것들을 나도 모르게 비교하게 된다.

한때는 내 마음이 문제라고 생각했다. '남과 비교하는 나쁜 마음'이라며 스스로를 얼마나 다잡았는지 모른다. 그런데 이제는 조금 알 것 같다. 그가 의도적으로 사람들 마음을 자극하고 있다는 걸. 대놓고 자랑하긴 민망하니 아무것도 모르는 척 연기하고 있다는 걸.

그래서 용기를 내 거절의 언어를 실천하려고 한다. 그의 SNS 팔로우를 끊고 그가 하는 이야기를 차단하는 것이다. 언젠가 받게 될 그의 도움을 기대하기보다 지금의 내 것에 집중해 성과를 내는 게 훨씬 더 중요하다!

많은 사람들이 불편한 관계에서 거절의 언어를 실천했으면 좋겠다. 내 마음이 불편한 건 내 잘못이 아니라 나를 불편하게 하는 상대 잘못이다. 그리고 거절하기 역시 말하기를 두려워하지 않는 행동 중 하나일 뿐이다.

모든 말의 주어에서 '너'를 빼보면

○ ●

'나'라는 사람은 '나'이기 때문에 사랑받을 수 있다는 생각을 해야 하는데 100점을 받아야만 빛나는 아이가 되는 경우가 많아요. "시험을 잘 봤으니까 무엇을 사줄게." 이런 게 해당되겠죠. 그러면 아이는 이런 행동을 했을 때 부모가 훨씬 더 큰 칭찬을 해준다고 생각합니다. 모든 아이들의 가장 큰 목표가 뭔지 아세요? 부모로부터 사랑받는 것. 인생의 가장 큰 목표예요. 이 책의 저자가 세 살인 막내아들에게 이 부분을 확인하기 위해 질문을 해요.

"아빠가 널 사랑하는데 왜 사랑하는 줄 아니?"

"제가 기저귀를 잘 차서요? 제가 밥을 잘 안 흘리고 먹어서요?"

그러자 저자가 슬퍼해요. 나도 그동안 아이에게 보상과 처벌이 있었구나, 하고요.

마셜 B. 로젠버그, 가브리엘레 자일스, 《상처 주지 않는 대화》(파우제, 2018)
독자 대표 손정연 감성 코칭 강사 및 심리상담가 인터뷰 중에서

돈 말 글

_____ 드라마나 영화를 볼 때면 뭔가를 간절히 원하는 주인공이 자신의 두 손을 꼭 맞잡고 소원을 비는 장면이 종종 나온다. 그리고 이런 대사를 곁들인다.

— 하느님, 부처님, 옥황상제님, 알라신님. 이 세상 모든 신께 빕니다. 제가 …을 하게 해주신다면 앞으로 부모님께 효도도 하고 주위 사람들에게 베풀면서 착하게 살겠습니다!

주인공이 그만큼 간절하다는 걸 보여주는 장면이지만 나는 주인공의 '협상형 화법'이 유독 거슬린다. 부모님께 효도하고 주위 사람들에게도 잘하는 착한 사람으로 사는 건 어찌 보면 당연한 일이다. 지켜야 할 법까진 아니지만 누구나 상식이라고 생각하는 도덕적 행동 아닌가. 그런데도 우리는 원하는 뭔가를 얻고 싶을 때 자꾸만 협상을 하려고 한다. 내가 내놓을 카드가 엄청 대단한 것도 아니면서.

그나마 실체가 명확하지 않은 신을 상대로 협상형 대화를 하는 건 좀 낫다. 매일 얼굴을 맞대고 사는 가족과 이런 대화를 한다면 어떨까. 실제로 부모님에게 받게 될 재산이 있으면 자식들이 효도하는 척이라도 한다고 한다. 안부 전화도 자주 하고 주말이면 잠깐이라도 들른다는 것이다. 이를 두고 어르신들은 "자식 얼굴 한 번이라도 더 보려면 없는 돈도 있는 척해야 한다"고 하지만 돈 때문에 효도가 존재하는 상황을 만든 건 어린 자녀들에게 부모들이 수시로 시도한 협상형 화법 때문인지도 모른다. "좋은 성적 받으면 원하는 걸 사주마", "형제자매들과 사이좋게 지내면 주말에 놀이공원에 데려가줄게" 같은 말들이 얼마나 폭력적인지 생각해본 적 있는가.

공부를 못하는 자식도 소중한 존재다. 성적으로만 인정받는 존재는 자존감이 올바르게 형성될 수 없다. 노력을 안 했다면 몰라도 노력했는데도 좋은 성적이 안 나올 땐 어떻게 하란 말인가. 한 입시 컨설턴트는 공부도 적성이자 능력이라고 했다. 그 적성과 능력이 없는 아이는 학창 시절 내내 부모에게 인정받을 수 없다는 사실에 좌절할 수밖에 없을 것이다. 형제자매 간의 우애 역시 마찬가지다. 항상 사이가 좋을 수는 없다. 놀이공원에 가기 위해, 부모에게 칭찬을 받기 위해 잘 지내야 한다면 오히려 건강한 관계를 맺기 어려울 수 있다. 관계란 누가 개입한다고 맺어지는 게 아니다.

"우리 이제부터 사이좋게 지내자" 하면서 갑자기 손을 잡는다고 좋아지지 않는다.

부모 입장에서는 공부를 잘하라고 하는 말이, 형제끼리 우애 좋게 지내라고 하는 말이 전부 아이를 위하는 것이라 생각하겠지만 그 행동을 빌미로 뭔가를 얻을 수 있게끔 조건을 내거는 것이 과연 좋은 대화라고 할 수 있을까? 《상처 주지 않는 대화》에서 말하는 비폭력 대화를 이럴 때 떠올릴 수 있어야 한다. 부모가 세상의 전부인 아이에겐 자신의 행동에 따라 사랑을 받을 수도, 내쳐질 수도 있다는 것이 바로 폭력이다.

이런 폭력적인 대화를 오랜 시간 경험한 아이가 성인이 됐다고 생각해보자. 그때는 부모와 동등한 입장에서 협상형 대화를 시도하게 될 것이다. 자신이 성적 같은 조건으로 평가받아온 것처럼 부모의 능력과 돈을 기준으로 대화를 하게 되지 않을까. '부모님이 내게 물려줄 재산이 있으면 나도 효도를 하겠다'는 태도는 하루아침에 생기는 게 아닐 것이다.

게다가 이런 대화법은 가정에서뿐 아니라 연애를 하다가도, 친구들과 술자리를 갖다가도, 사회생활을 하면서도 툭툭 불거질 수 있다.

우리는 '그냥', '좋아서', '너니까' 등의 조건 없는 대화를 할 수 있어야만 한다. 협상형 대화에서 벗어나 상대를 있는 그대로 인정해주는 방법, 나도 모르게 튀어나오는 폭력적인 대화를 멈추는 방법은 모든 말의 주어에서 '너'를 빼는 것이다. "네가 이렇게 하면…", "네가 저렇게 하면…"처럼 '너'로 시작하는 문장은 위험하다. 거의 대부분 상대에게 요구하는 말이 먼저 나오기 쉽다.

이와 반대로 '나'로 시작하는 말들은 생각보다 친절하다. "나는 너를 좋아해", "내가 너를 참 많이 아낀다", "내가 좀 속상했지만 괜찮아" 같은 말을 생각해보자. 정말 아름다운 말들 아닌가. 상대방에게 조건을 제시하지 않고 대화하려면 '나'로 향하는 주어를 사용하면 된다.

2006년 개봉한 영화 〈거북이는 의외로 빨리 헤엄친다〉에서 스파이로 활동 중인 중년 남자는 스파이 면접을 보러 온 여주인공에게 이렇게 말한다.

— 미안해요, 노려봐서. 내가 인생 사는 게 서툴러서.

돈 말 글

직업 특성상 의심할 일이 많다 보니 진짜 면접을 보러 온 사람인지 관찰한다는 게 그만 노려보는 눈초리가 된 걸 사과한 것이다. 그리고 스스럼없이 자신의 약점을 고백한다. 자신은 인생에 서툴다고. 나는 나이 많은 면접관이 어수룩하고 어린 여자 지원자에게 '나'를 주어로 말을 시작하고 자신의 약점을 먼저 드러내며 사과까지 하는 모습을 보고 저 태도야말로 비폭력 대화의 모범이 아닐까 생각했다.

사람은 본능적으로 다른 사람에게 이해받길 원한다. 특별히 어떤 행동을 해서가 아니라 그저 존재 자체로 지지받고 싶어 한다. 이는 더 이상 설명이 필요 없는, 우리 모두가 원하는 이상적인 행복일 것이다. 그 행복을 소망이 아닌 현실로 만들기 위해서 할 수 있는 당장의 행동은 협상형 대화, 폭력적인 대화를 멈추는 일 아닐까 싶다.

말에 담긴 마음을 들여다보는 법

말 그릇이 큰 사람은 상대의 말에 반응하지 않고 사람을 볼 줄 아는 사람이에요. 예를 들면 친구가 "나 이래서 못하겠어, 이게 문제야, 이게 고민이야" 이렇게 이야기를 할 때 말 그릇이 작은 사람들은 그 말만 들어요. "너 그게 고민이구나, 그러니까 이렇게 해결해봐" 이렇게 조언을 해준다거나 "그것도 왜 못 버텨?" 그러면서 그 말에 반응하려고 하죠. 그런데 말 그릇이 큰 사람은 '저 사람이 왜 저런 말을 하게 됐을까', '저 사람의 마음은 지금 어떨까', '저 사람이 표현하진 않았지만 진짜 속마음은 무엇일까' 그 사람에 관심을 더 갖게 돼요. 말로 오고 가려고 하지 않고 사람을 보듬어주려고 노력하는 말을 하죠.

《말 그릇》(카시오페아, 2017) 김윤나 저자 인터뷰 중에서

돈 말 글

_____ 어느 연말, 한 대기업에서 주최한 아주대학교 심리학과 김경일 교수의 토크 콘서트 진행을 맡은 적이 있었다. 주제는 '어쩌다 직장인'으로 직장인들의 심리 상태를 보듬어주면서 더 행복한 직장 생활을 하기 위해 어떤 마음가짐을 가져야 하는지 조언해주는 내용이었다.

그 자리에서 김경일 교수는 소시오패스 감별법을 전해줬다. 반사회적 인격 장애자인 소시오패스는 사회생활을 훌륭하게 해내는 경우가 많아 구분하기가 쉽지 않은데 이 질문 하나만 해보면 소시오패스인지 아닌지 알 수 있다는 것이었다.

"잘 지내?"

이렇게 아무 목적 없이 오랜만에 전화해 안부를 묻는 것이 테스트의 전부였다. 만약 평범한 사람이라면 반가워한다. 결혼 소식을 전하려는 게 아니라 정말 순수하게 내 안부를 묻기 위해 연락해준 상대가 얼마나 고맙겠는가. 하지만 소시오패스는 화를 낸다는 것이 김경일 교수의 설명이었다. 그들은 이유나 목적 없는 연락을 시간 낭비로 여기기 때문이라고 했다. 나를 생각해주는 '사람'에게 집중하지 못하는 탓에 이런 연락이 자신의 소중한 시간을 빼앗아간다고 생각한다는 것이다.

그런데 '사람'에게 향하지 못하는 대화기 반드시 소시오패스만의 문제일까? 서운한데 일일이 표현하기는 치사한 상황이나 내가 참으면 되겠지 싶어 그냥 넘어갔다가 오해가 생기는 경우가 모두 불통의 순간 아닌가. 상대가 알아봐 줬으면 하는 마음으로 기대하며 말을 하지만 너무 바쁘거나 내게 관심이 없는 사람들은 그저 내가 하는 단편적인 대화에만 건성으로 대답한다.

나는 아직까진 소시오패스라고 부를 만한 사람을 만나본 적은 없지만 대화를 하다 서운함을 느끼게 되는 경우는 종종 있다. 가깝게는 가족부터 멀게는 일하는 사이까지 상대도 다양하다. 가슴에 손을 얹고 생각해보건대 그건 나 역시 마찬가지일 것이다. 남자 친구 욕을 하는 친구와 같이 그를 욕해주거나 회사 일이 힘들다고 말하는 후배에게 그 정도도 못하느냐고 나무라는 식이다. 《말 그릇》을 쓴 김윤나 작가의 말처럼 사람에게 집중하는 대화를 하려 했다면 친구나 후배가 왜 그런 말을 하는지 먼저 생각해봤을 텐데 말이다.

우리는 생각보다 훨씬 빈번히 상대가 왜 그런 말을 하는

돈 말 글

지에는 귀를 기울이지 않은 채 단순히 상대가 하는 말에만 신경을 쓴다. 그러다 보니 서로 대화를 하면서도 진정한 교감을 이루지 못한다. 이게 바로 스트레스를 풀기 위한 수다 끝에도 헛헛한 감정만이 남는 까닭이다.

나는 이제부터라도 노력을 해보려고 한다. 나와 대화를 나누는 사람이 하는 말을 듣고 반응하는 대신 그 말에 담긴 마음을 헤아려보려는 노력 말이다. 그러려면 보이지 않는 귀를 활짝 열어야 한다. 바로 '관심'이다. 관심을 갖지 않는다면 보이지 않는 것을 알아차릴 수 없다.

내 앞에 있는 사람이, 내 소중한 친구가, 늘 만나는 동료가 무슨 생각을 하고 있고 무슨 고민에 빠져 있는지 관심이 없다면 어떤 대화든 다 겉돈다. 이야기를 나누면 나눌수록 사이가 멀어질 수도 있다. 서로의 마음을 헤아려주지 않는 가족이 말만 섞었다 하면 말다툼을 하는 경우도 흔하지 않은가.

마음을 알아봐 주는 말을 하고 싶다면 이제부터는 대화 상대에게 관심을 기울여야 한다. "괜찮다"고 말하지만 그 마음은 조금도 괜찮지 않을지도 모를 일이다. "할 수 있다"

고 말하지만 마음속으론 도와달라고 외치고 있는 중인지도 모른다. 그 소리를 들을 수 있는 사람이 되고 싶다면 말하는 사람을 애정 어린 시선으로 바라보는 일부터 시작해야 한다.

정신과 의사보다 치유자라는 말을 더 좋아한다는 정혜신 작가는 자신의 책 《당신이 옳다》(해냄, 2018)를 통해 자녀에게 공감하지 못하는 엄마의 이야기를 전한 바 있다. 학교 선생님에게서 아들이 친구를 때렸다는 이야기를 들은 엄마였다. 그는 아이를 무턱대고 혼내는 대신 최대한 침착하게 "폭력은 잘못된 일이니 다음부터는 그러지 마라"라고 말했다.

과연 아이는 등짝 스매싱을 날리지 않고 조곤조곤 훈계를 해준 엄마가 고마웠을까? 실제로 아이는 울면서 엄마에게 소리를 쳤다고 한다. 엄마는 그러면 안 된다면서, 내가 왜 그랬는지 물어봐야 했다면서 말이다.

엄마의 말은 하나도 틀리지 않았지만 사람에게 초점을 맞추지 않은 대화였기에 아이와 교감을 나누지 못했다. 행동도 일종의 표현이라 언어와 같다. 아들이 잘못된 행동을 했다고 따지기 전에 왜 그렇게 행동했는지 물어보는 것이야

말로 '사람'에게 집중하는 대화 아니었을까.

물론 이런 대화가 쉬운 건 아니다. 아니, 쉽지 않은 게 아니라 어렵다. 어려워도 너무 어렵다. 한 번 더 생각하고 상대를 대해야 하기 때문이다. 하지만 그 '한 번 더' 생각하는 과정 덕분에 '사람'에게 집중할 수 있고 그 사람의 '마음'을 들여다보게 된다. 말의 그릇은 그렇게 키워진다.

내게 가장 좋은 말을 해주는 사람

○ ●

김시형 _ 진행자님께서는 세상에서 나를 제일 믿어주고 지지해줄 사람이 누구라고 생각하세요?

정은길 _ 부모님과 남편 같은 가족이 아닐까 싶어요.

김시형 _ 그렇죠. 물론 그런데 그 전에…

정은길 _ 아, 나 자신?

김시형 _ 네. 저도 처음에는 가족을 떠올렸는데, 책에는 나 자신밖에 없다, 나 자신을 수긍해줄 가장 강력한 지원군은 바로 나라고 이야기합니다.

니콜 슈타우딩거, 《나는 이제 참지 않고 말하기로 했다》(갈매나무, 2016)
김시형 기획자 인터뷰 중에서

돈 말 글

_____ 나와 남편은 5년의 연애 끝에 결혼했다. 연애하는 기간 동안 이렇다 할 큰 다툼을 한 적도 없고 심각하게 부딪히는 지점도 없었다. 그래서 서로 잘 안다고 생각했고 결혼 생활도 연애와 마찬가지로 무난하리라 기대했다. 하지만 모든 부부가 그렇듯 연애와 생활은 다르다는 '현실'을 결혼 초반에 여실히 경험했다. 연애할 땐 몰랐던 생활 습관을 발견하면서 상대의 진면목과 마주하게 된 것이다.

특히 남편과 시부모님 사이에 오가는 대화가 그랬다. 남편은 시어머니에게 참지 않고 말하는 경우가 많았다. 그냥 넘어갈 수 있는 일인데 짜증을 내기도 했고 간혹 그 짜증을 큰 소리로 표현할 때도 있었다. 그 모습을 제3자의 입장에서 관찰하며 느낀 게 하나 있었다.

'저 사람은 자기가 아무리 짜증 내고 화를 내며 말해도 부모님이 다 받아줄 거라는 걸 본능적으로 알고 있구나.'

남편을 보고 알았다. 나는 그와 달리 가족에게 하고 싶은 말들을 꾹꾹 참고 살아왔다는 것을. 밖에서는 잘난 척, 똑똑한 척, 무엇이 옳고 그른지 따지면서도 가족을 상대로는 제대로 말 한 마디 못하는 사람이 나였다는 것을 말이다.

나는 가족, 특히 엄마에게 쩔쩔맸다. 엄마가 하는 부탁이나 요구는 아무리 무리한 것이라도 꾸역꾸역 들어줄 때가 많았다. 엄마와는 내 학교 3학년 때부터 같이 살았으니 모녀 사이라기보다 룸메이트처럼 느껴져 그랬는지도 모르겠다. 엄마는 내가 편했을지 몰라도 나는 엄마와 친하다는 느낌이 적었다. 그래서 엄마가 선을 넘는 언행을 해도 아무 말도 못 하고 넘어갈 때가 많았다.

결혼 후 남편이 내게 물은 적이 있다.

"왜 장모님한테 화났다는 할 말도 못 해?"

그 말에 나는 대답을 하지 못했다. 내가 왜 그런지 나도 잘 몰랐으니까. 그러다 부모님에게 당당하게 짜증 내는 남편을 보고야 깨달았다. 나는 엄마가 또다시 나를 떠날까 봐 두려웠던 것이다.

부모님의 이혼은 단순한 이별이 아니다. 가족의 해체를 의미한다. 부모님이 헤어지고 편부모 가정이 됐다면 모를까 나는 할머니, 할아버지와 살면서 버림받았다는 기분을 느꼈다. 공부하고 먹고살 길 찾느라 하루하루가 바쁘다 보니 그런 감정을 유심히 들여다보려 하지 않아서 잘 몰랐을 뿐, 나는 부모님이 내가 어떤 행동을 해도 다 받아줄 거란 기대가

돈 말 글

없었다.

　스스로 스케줄 관리를 하며 살아야 하는 탈(脫)직장인이 되고 나서야 나는 나에 대해 생각해볼 시간이 늘었다. 어떻게 살고 싶은지, 무엇을 좋아하는지, '나'라는 사람을 고민해야 하는 상황의 연속이었다. 그러자 점점 시간을 거슬러 올라가 내 두려움이나 행동의 근원과 마주할 수 있게 됐고, 그 결과 내가 가족을 상대로는 말과 행동을 참고 또 참으며 살아왔다는 걸 뒤늦게 깨달을 수 있었다.

　이 책을 쓰기 위해 〈정은길 아나운서의 돈말글〉 예전 방송들을 다시 듣다가 《나는 이제 참지 않고 말하기로 했다》편의 내 코멘트에 깜짝 놀랐다. 세상에서 나를 제일 믿어주고 지지해줄 사람을 묻는 질문에 내가 왜 가족이라고 대답했을까. 실제로는 그렇게 생각하지 않았던 때도 있었으면서. 나를 책임질 사람은 오직 나뿐이라고 다짐하며 오랫동안 살아왔으면서.

　오랜 시간 받아온 주입식 교육의 폐해였다. 아빠, 엄마, 나, 동생 등으로 구성된 단란한 4인 가족의 교과서 속 이미지를 너무 당연하게 교육받은 결과였다. 연말 시상식 때면

'엄마'라고 한마디 언급한 것일 뿐인데도 주룩주룩 눈물을 흘리는 연예인들의 모습에 너무 익숙해진 탓이었다. 내 솔직한 마음과 달리 공식적인 자리에서는 '가족은 소중한 존재'라고 망설임 없이 대답해야 하는 학생이 된 기분이었다.

모르긴 해도 나처럼 가족을 다소 멀게 느끼는 사람도 있을 것이다. 내가 그들의 가정사를 속속들이 알 순 없지만 어쨌든 어떤 사건이 계기가 되어 어린 시절의 나처럼 '나를 책임질 사람은 나'라는 생각을 하며 살아온 이들이 분명 있을 것이다.

　나는 그들과 연대해 '참지 않고 말하기' 모임이라도 만들고 싶은 마음이다. 그리고 그런 마음으로 '내가 내게 가장 좋은 말을 해주는 사람'이 돼주라고 권하고 싶다. 어차피 내가 제일 먼저 듣게 되는 말은 내가 내게 하는 혼잣말 아니던가. 그 말까지 속으로 참을 이유가 없다. 계속 참다 보면 나도 내 마음을 잘 모르는 사람이 되고 만다.

　《나는 이제 참지 않고 말하기로 했다》의 저자는 '나를 수긍해줄 가장 강력한 지원군'이 바로 나 자신이라고 했다. 내가 그 강력한 지원군을 믿고 의지할 수 있으려면 우선 솔직

돈 말 글

해져야 한다. 안 괜찮은데 괜찮은 척, 싫은데 좋은 척은 그만 해도 된다. 나는 내가 어떤 모습이든 나를 받아들여줄 가장 소중한 존재니까.

안정원이 좋은 의사인 이유

○ ●

《최고의 설득》(알에이치코리아, 2017)을 쓴 저자 카민 갤로는 단순하고 명확한 이야기가 좋은 이야기라고 강조합니다. 그렇게 이야기를 하려면 이해하기 쉬운 단어와 표현을 쓰는 것이 제일 중요한데요. 작가는 자신의 초등학생 딸들에게 미리 발표 연습을 했을 때 그 뜻을 100퍼센트 전달할 수 있었다고 해요. 청중의 나이, 배경지식 유무와 상관없이 자신이 전달하고자 하는 메시지를 완벽하게 전달하는 방식이 가장 좋은 이야기가 되는 거죠.

알에이치코리아 전략콘텐츠팀 김건희 팀장 인터뷰 중에서

돈 말 글

— 총담관 낭종은 총담관이 낭성으로 확장돼서 기능이 떨어지고 이로 인해 담관 담석증 또는 담관암 등이 발생할 수 있는 병이고요. 수술은 낭성으로 확장된 총담관 낭종을 절제하고 루앙와이 담관, 공장 문합 수술을 통해 담도를 재건해줄 겁니다.

우리말이지만 아무리 봐도 이해가 안 가는 이 설명은 tvN 드라마 〈슬기로운 의사생활〉 속 외과 레지던트 장겨울 선생의 대사다. 의사가 환자의 보호자에게 곧 어떤 수술을 하게 될지 알려주는 장면인데 말하는 사람이 듣는 사람을 미처 배려하지 못해 생긴 상황이다. 장겨울 선생의 설명을 듣고 어리둥절해하는 보호자에게 소아외과 안정원 조교수는 다시 이렇게 설명한다.

— 재원이 어려운 수술 아니고요. 간에서 담즙이라는 게 만들어지는데 이게 기름기를 소화하는 데 도움을 주는 소화액이에요. 담즙이 만들어지면 장으로 이동을 하게 되는데 그 이동하는 길이 총담관이에요. 보통은 아이들 총담관이 5밀리미터가 채 안 되는데 재원이는 3센티미터가 넘게 늘어나

있어요, 어머니. 이게 늘어나게 되면 담즙이 잘 안 빠지고 고여서 돌이 생긴다든지 뭐, 여러 가지 합병증이 발생할 수 있거든요. 그래서 그 늘어난 총담관을 잘라내는 게 오늘 재원이가 받게 될 수술이에요. 물론 잘라낸 뒤에도 이 담즙이 내려가는 길이 필요하잖아요? 그래서 소장의 일부를 담도랑 다시 연결해줘야 돼요. 그렇게 연결까지만 하면 수술이 완료되는 겁니다. 뭐, 엄청 복잡하고 힘든 수술은 아니니까 걱정 많이 안 하셔도 돼요.

대사 길이부터 현저하게 차이가 난다. 그리고 대사 길이만큼이나 차이 나는 건 듣는 사람에 대한 배려의 크기다. 언뜻 보면 간결하고 짧은 스피치가 더 좋다고 느껴지겠지만 듣는 사람이 이해하지 못했다면 그 말은 아무런 소용이 없다. 말이 다소 늘어지고 길어지더라도 상대가 알아듣기 쉬웠다면 그보다 더 좋은 설명은 없을 것이다. '말을 잘한다'는 판단은 말하는 사람이 아닌 듣는 사람을 기준으로 해야 하기 때문이다.

말하기를 배우고 싶어 하는 사람들은 자신의 부족함을 다방면에서 찾아낸다. 목소리가 작고 발음이 좋지 않으며

돈 말 글

톤이 안정적이지 않는다는 등의 단점이 대부분이다. 하지만 아무리 목소리가 좋고 발음이 완벽하고 말이 쉴 새 없이 매끄럽게 술술 이어진다 해도 내용이 별로면 무용지물이다. 듣는 사람이 귀를 닫아버리면 실패한 스피치다.

이런 장면을 한번 떠올려보자. 어두컴컴한 회의실에서 주인공이 홀로 조명을 받으며 발표를 하고 있다. 회사 임원들을 비롯해 회의에 참석한 사람들이 발표하는 주인공을 주목한다. 그는 조금도 떨지 않고 환한 미소를 지으며 당당하고 여유 있는 모습으로 말을 한다. 프레젠테이션을 하고 있는 주인공 뒤로 보이는 발표 자료는 한눈에 보기에도 알록달록한 그래프와 각종 수치가 빼곡하다.

　너무 익숙하지 않은가? 성공한 사람을 보여주는 짧은 광고나 드라마 속 잘나가는 주인공은 죄다 이런 장면을 연기한다. 그가 하는 말이 뭔지는 아무도 모른다. 나는 많은 사람들이 이런 이미지로 말하기를 생각하는 게 걱정된다. 말하기는 스타일보다 내용이기 때문이다. 내용이 좋고 중요하다면 사람들은 자기도 모르게 귀를 기울이게 된다. 말하는 사람의 목소리가 조금 작아도, 일부 발음이 거슬려도 내용이 괜찮으면 듣는다. 즉, 대화의 주도권은 말을 하는 사람보다 듣는 사람이 쥐고 있다.

처음 개인 방송을 준비하는 유튜버들이 구독자 분석을 왜 하겠는가. 내 방송을 봐줄, 내 이야기를 들어줄 구독자가 있어야 말을 하는 내가 존재할 수 있기 때문이다. 비슷한 콘텐츠를 다루는 채널인데도 구독자 수 차이가 큰 이유는 무엇이겠는가. 더 이해하기 쉽게 구독자를 배려하며 말하는 유튜버의 말을 듣고 싶은 건 너무 당연한 이치다.

아나운서가 말을 잘한다고 느끼는 것도 기본적으로 발음이나 목소리가 좋은 탓도 있지만 누구보다 이해하기 쉬운 말을 하기 때문이다. 다양한 계층의 시청자를 대상으로 말을 하는 터라 방송에 투입되기 전부터 쉬운 말을 사용하라고 철저히 교육받는다. 듣는 사람이 가장 이해하기 쉬운 단어를 고르는 일이 발음 연습보다 더욱 신경 써야 할 부분이다. "착석해주시기 바랍니다"보다 "자리에 앉아주시기 바랍니다"라고 말하는 식이다.

예쁘고 멋있게 말하는 건 그저 보여지는 모습일 뿐이다. 우리는 상대에게 잘 보이기 위해서가 아니라 '소통'하기 위해

돈 말 글

말한다. 그런 면에서 다른 사람의 마음을 움직이는 커뮤니케이션이란 화려한 언변을 필요로 하는 말하기 스킬이 아니다. 그저 상대방이 내가 한 말을 이해할 수 있게끔 진심을 담아 쉽고 편안하게 이야기해주면 된다. 한마디로 내 말을 들을 사람에 대한 배려의 크기만큼 소통이 잘 이뤄지는 셈이다.

말을 잘하는 사람이 되고 싶다면 딱 하나만 생각하자. 바로 내 이야기를 듣게 될 '사람'이다. 내가 그 사람의 입장이 돼서 어떤 말을 듣고 싶을지만 충분히 고민해도 답은 쉽게 나온다. 말은 스타일보다 내용이 더 중요하고 그 내용은 상대에 대한 배려에서 시작된다.

낚이지 마세요

○ ●

사람들은 요약본을 좋아해요. 한마디로 종결하는 신속하고 강한 요약이요. 언어 거품을 싹 걷어내야 합니다. 초두 효과라고 하죠. 가장 먼저한 말이 가장 오랫동안 기억에 남거든요.

《한마디면 충분하다》(쌤앤파커스, 2017) 장문정 저자 인터뷰 중에서

돈 말 글

_____ 종이 신문보다 온라인 뉴스를 보는 사람들이 더 많아지면서 기자들은 거의 '낚시꾼'이 됐다 해도 과언이 아니다. 조회 수 양산을 위해 실제 뉴스 내용과는 상관없는 자극적인 헤드라인을 쓰거나 아예 가짜 뉴스를 만드는 경우도 있다. 대중들은 이런 언론사의 행태를 '클릭 장사'라고 비난하기도 한다. 사람들의 흥미를 끌어야 기사가 소비되니 기사를 읽게 하려고(목적) 꽂히는 표현을 사용하는(수단) 걸 무조건 나쁘다고만 할 수는 없지만, 때로 맹목적인 목적 달성을 위해 수단을 왜곡하는 현상에 애꿎은 피해자가 발생하기도 한다. 대표적인 예가 악플에 시달리는 연예인들이다. 해외 공연을 위해 출국하는 아이돌의 사진을 올리면서 '사뭇 달라진 외모'라거나 연예인이 자신의 인스타그램에 올린 셀카 사진을 기사화하며 '유혹하는 눈빛'이라는 식으로 왜곡된 프레임을 씌우는 것이다.

나도 내 의도와 달리 기자의 '낚는' 표현 때문에 무차별적인 악플 공격을 받았던 경험이 있다. 첫 책《적게 벌어도 잘사는 여자의 습관》을 쓰고 한 신문사 기자와 인터뷰를 했을 때였다. 용돈 이야기를 하다가 구체적인 액수를 묻기에 "저는 한 달 용돈으로 20만 원을 써요"라고 답했다. 다음 날 그 말은 '정은길 아나운서, 한 달 생활비 20만 원'이라는 헤드라인으로 정리돼 보도됐다. 미침 그 기사가 포털 사이트 메인에 뜨면서 내가 누군지 알지도 못하는 사람들이 셀 수 없이 많은 댓글을 남겼다.

> ┗ 너는 남자 등쳐먹고 사니까 한 달에 20만 원이면 생활이
>   되나 보네.

아니, 저 결혼했는데요.

> ┗ 너는 어떤 세상을 살길래 20만 원이면 살아지냐?

저 명품 가방도 없고 차도 없고 옷도 만들어 입어봤을 정도로 현실을 사는데요.

> ┗ 하여간 아나운서라는 것들은.

네?

나는 그 인터뷰를 잡아준 출판사에 연락했다. 기사 제목을 '한 달 생활비'가 아니라 '한 달 용돈'이라고 정정해달라고 요청해야 한다고 말했다. 출판사에서 기자에게 내 의견을 전달했고 다시 내게 전화해 기자가 한 말을 그대로 전해줬다.

"생활비는 용돈으로 수정하겠대요. 근데 생활비나 용돈이나 뭐가 다르냐고 하더라고요."

나도 뉴스를 전하는 방송국에서 일하는 입장이었지만 기자의 설명이 도통 이해가 가지 않았다. '생활비나 용돈이나'라니. 그게 같지 않으니 그 많은 사람들이 내게 악플을 남긴 게 아닌가.

나도 한 달에 20만 원으로는 못 산다. 보험료, 통신비, 교통비, 식비를 어떻게 20만 원으로 소화한단 말인가. 지금도 그렇지만 그 당시 결혼 3년 차에 접어든 내게는 절대 불가능한 일이었다. 하지만 용돈 20만 원은 어떻게든 노력하면 그런대로 쓸 수 있다. 기자 역시 '용돈 20만 원'보다 '생활비 20만 원'이 더 자극적이라고 판단해 헤드라인의 단어를 바꿔치기한 것일 테다.

그런 기사가 나올 수도 있다고 짐작해야 했을까. 식당에서 밥을 먹으며 인터뷰를 진행했는데 그 음식값을 더치페이

했을 때 알아봤어야 했을까. 그것도 아니면 그 식사비를 내가 내지 않은 것을 반성해야 했을까.

얼마 후 '생활비'가 '용돈'으로 수정되긴 했지만 나는 이미 욕을 배가 터지도록 먹고도 남은 뒤였다. 사실이 아니었기에 억울한 감정에 매몰되진 않았지만 그때부터 기자들이 뽑은 한마디 워딩을 있는 그대로 받아들이지 않기 위해 노력하게 됐다. 이게 벌써 7년 전인 2013년의 일인데 여전히 자극적인 한마디에 속지 않기 위해 눈에 불을 켜야 하는 현실이 참 안타깝다.

아무튼 이때의 기억이 너무 불쾌했는지 내가 내뱉는 말을 나도 모르게 단속하기 시작했다. 사람들의 시선을 잡아끌기 위한 자극적인 말은 멀리하고 구구절절 설명을 하는 데 익숙해졌다. 회사를 그만두고 나를 알려야 하는 입장이 됐는데도 여전히 촌스러운 설명을 하는 사람에서 벗어나지 못했다.

이런 내게 첫눈스피치 홍보는 이렇게 해라, 인스타그램에는 이렇게 글을 써라 같은 조언을 해주는 고마운 사람들이 생겨날 정도다. 수강생을 모집하는 카드뉴스 제작법을 알려준 사람도 있다. 마음만 먹으면 홍보 문구를 바꾸고 이미지

돈 말 글

파일을 제작할 수 있지만 어쩐지 그 마음이 안 먹어진다. 그 래서일까. 나를 찾아오는 첫눈스피치 수강생들도 나와 참 비슷하다.

"다른 스피치 학원에 상담도 가봤는데 여기가 상업적인 느낌이 안 들어서요."

그냥 옆집 언니 같단다. 상업 활동을 하는 사람에게 상업 적인 느낌이 안 난다는 말이 칭찬인지 아닌지 모르겠지만 나는 그런 말이 속도 없이 좋다. SNS 팔로워 수가 초라해도 괜찮다. 나를 포장하기 위해 거짓말도, 거짓말에 가까운 말 도 하기 싫다. 내가 한 자극적인 말 한마디 때문에 오해하거 나 상처받는 사람이 없다면 그걸로 충분하다.

내 가능성을 죽이는 말은 이제 그만

○ ●

부정적인 말을 쓴다는 건 자기 가능성을 다 잘라버린다는 의미거든요. "나는 못해. 나는 그런 거 관심 없어" 이렇게 처음부터 자기 가능성에 한계를 미리 긋는 경우가 많은데 주변 사람들도 "저 사람은 관심이 없구나", "저 사람은 못하는구나" 하는 부정적인 인식까지 심어주게 돼요. 이렇게 되면 스스로 한계를 그어버리니까 열심히 할 필요가 없는 거고 주변에서 봤을 때는 "저 사람은 어차피 못하는 사람이야"라고 한계가 정해져서 결과적으로는 남는 게 없습니다.

지식너머 출판사 기획편집팀 김순난 팀장 인터뷰 중에서

돈 말 글

＿＿＿＿＿＿＿＿＿ 한 예능 프로그램에 배우 손호준 씨가 출연해 자신의 배고팠던 무명 시절 이야기를 한 적이 있다. 단순한 무명의 설움이 아니라 정말로 끼니 걱정을 해야 할 정도의 배고픔이었다. 그 시절 그는 라면 1개로 4끼를 먹었다고 했다. 라면 하나를 반으로 쪼개 끓여서 첫 번째 끼니를, 남은 국물에 밥을 말아 두 번째 끼니를, 다시 남은 라면 반 개를 끓여 세 번째 끼니를, 마지막으로 남은 국물에 네 번째 끼니를 해결하는 식이었다. 1라면 4끼니 고백을 한 다음 그가 한 말은 더욱 충격적이었다.

── 그때 저는 제가 모르는 음식은 절대 먹지 않았어요.

누가 맛있는 음식을 사준다고 해도 늘 먹던 익숙한 음식만 고집한 이유는 욕망의 가능성을 사전에 차단하기 위해서였다. 모르는 음식을 먹었다가 너무 맛있으면 다음에 또 먹고 싶을까 봐 그랬다는 것이다. 어차피 자신에게는 그걸 사 먹을 돈이 없었으니까. 그러다 보니 주위 사람들도 그가 먹는 것에는 별 관심이 없다고 생각했을지 모른다.

　지금처럼 돈을 많이 벌게 될 걸 미리 예상했다면 그렇게까지 가능성에 한계를 긋지는 않아도 됐을 텐데 싶으면서 힘들었던 시절이지만 그래도 지금은 웃으며 말할 수 있어 참 다행이다 싶다. 그리고 또 다행인 것은 가능성에 한계를 지은 사람이 그나마 자기 자신이라는 점이다. 주위를 둘러보라. 나를 잘 알지도 못하면서 내 가능성을 맘대로 재단해 버리는 사람들이 얼마나 많은가.

JTBC 개국 시트콤이었던 〈청담동 살아요〉는 우연한 기회에 청담동에서 살게 된 가난한 김혜자네 식구들 이야기를 담고 있다. 가난을 모르는 청담동 사모님들과 그런 부모 덕에 고생을 모르는 자녀들 틈에서 김혜자와 김혜자의 딸은 생존을 위한 거짓말을 한다. 자신들도 엄청난 부자이며 요트에, 양평 별장에, 도베르만 6마리를 키우기도 한다고.

김혜자의 딸은 VIP만 오는 레스토랑 매니저로 일하면서 거의 매일같이 방문하는 단골손님인 스펙 좋은 부잣집 아들을 좋아한다. 시간이 갈수록 그에 대한 마음이 커진 딸은 어떻게든 그와 잘해보기 위해 이런저런 노력을 한다. 그런 딸을 보고 김혜자는 이렇게 말한다.

— 그렇게 빈 곳 없는 남자가 널 왜 좋아하겠니?

그 말을 듣는데 내 마음이 더 아팠다. 우리 엄마도 내게 똑같은 말을 한 적이 있기 때문이다. 김혜자는 연기였지만 엄마는 팩트 폭행이었다. 내가 대학교에 다닐 때 만났던 참 예쁘장한 얼굴의 남자 친구를 두고 엄마는 말했다. "걔가 키가 조금 더 컸으면 네 차례가 안 왔지."

이후에도 엄마는 이와 비슷한 말을 종종 했다. 호주로 어학연수를 다녀온 내게 "네가 했으면 이제 다른 애들도 다 한 거지"라거나 아나운서가 되기 위해 준비하는 내게 "아나운서는 아무나 하냐"고도 했다. 그때는 귀담아듣지 않아 별생각이 없었는데, 〈청담동 살아요〉를 보다가 그게 바로 내 가능성에 한계를 딱 그어버린 말이라는 걸 깨달았다.

"도와주지 않을 거면 신경 꺼!"라고 소리치는 김혜자의 딸처럼 나도 비슷한 말을 했다. "응원해주지 않아도 되니까 못한다는 소리 좀 하지 마!" 그렇게 말하고는 공부와 취업 준비에 몰두했다.

당시 나는 엄마가 하는 말들을 대부분 흘려들었는데 이제 와서 생각해보니 천만다행이었다. 엄마의 말에 지나치게 신경을 썼다면 나는 엄마가 그은 한계에 따라 아무것도 하지 못하는 사람이 됐을 테니까. 대단하다고 생각하는 일들에 도전도 하지 않는 사람이 됐을 테니까.

김혜자나 엄마가 딸에게 이런 말을 하는 이유를 전혀 모르는 건 아니다. "일이 잘 안 됐을 때 상처받을까 봐 그러지"라는 엄마의 말이 진심인 걸 안다. 하지만 방법이 잘못됐다. 상처받을 게 걱정된다면 미리 한계를 그을 게 아니라 "일이 잘 안 되더라도 괜찮으니까 일단 마음껏 해봐!"라고 응원을 해줘야 한다. 해보지도 않은 내게 미리 한계를 알려주는 것은 나도 모르는 사이에 열등감을 가진 사람이 되게 하는 길이다. 남들은 다 잘하는 것 같은데 나만 못하는 사람이라는 생각이 굳어져버리고 만다.

━━ 내게 열등감을 갖게 하려면 단 한 사람의 허락이 필요하다. 그건 바로 나 자신이다.

미국 32대 대통령 프랭클린 루스벨트의 부인이자 여성 사회운동가, 정치가였던 엘리너 루스벨트의 말이다. 맞다. 다

돈 말 글

른 사람이 내게 한계를 긋는 말을 해도 그 말을 받아들일지 말지는 내 선택이다. 물론 그걸 알면서도 나와 가까운 사람이 그런 말을 했을 때 아무 영향도 받지 않기는 힘들다. 애써 마음을 다잡으려 해도 한번 들은 말은 마음에 남는다.

내 가능성을 확장하는 과정에서 떨쳐내고 싶은 말이 있다면 이런 상황에서 써도 되는 말인지는 모르겠지만 귀를 씻어보는 건 어떨까. 내가 내게 할 수 있다고, 이번에 실패해도 다음에 또 시도하면 되니까 괜찮다고 말해주는 것이다.

내가 듣고 싶은 말은 내가 제일 잘 아는 법이다. 그 말을 주위 사람들이 해주면 좋겠지만 안타깝게도 내가 듣기 싫은 말이 들려올 때가 더 많다. 내 가능성을 죽이는 말에 상처받을 시간에 내가 내게 무한한 가능성을 보여주는 말을 해보자. 모르긴 해도 세상에서 제일 좋은 습관 중 하나가 될 것이다.

누군가를 속여야 한다면 나를 속이자

○ ●

우리가 거짓말을 잘하는 이유는 특별히 한국인의 심성이 뒤틀려 있거나 간교해서가 아니라 잘 속는 사람들이 많아서 거짓말에 성공할 확률이 높기 때문입니다. 그리고 되게 널리 쓰이고 있는 말이 있잖아요. "속은 놈이 바보다." 이 책에서 말하는 한국인의 거짓말에 대한 특징은 이렇습니다. "한국인들이 거짓말을 잘하는 까닭은 머리가 좋기 때문이 아니라 잘 속는 사람들이 많기 때문이다. 한국인들이 잘 속는 까닭은 머리가 나빠서가 아니라 욕심이 많고 불안하기 때문이다."

김형희, 《한국인의 거짓말》(추수밭, 2016) 허태영 에디터 인터뷰 중에서

돈 말 글

_____ 어느 날 SBS 대표 프로그램 중 하나인 〈그것이 알고 싶다〉를 보다가 나도 모르게 헛웃음이 나왔다. 한 할머니가 자신을 유명한 주지 스님의 숨겨진 딸이라고 사칭하며 주변 사람들과 이상한 금전 관계를 맺는다는 내용이었다. 그는 몇 백억 원에 달하는 친부의 재산을 찾는 데 필요한 돈을 빌려주면 후한 이자를 쳐서 갚겠다면서 여러 사람들에게 돈을 빌렸다.

하지만 할머니는 한참이 지나도 돈을 갚지 않았다. 아니, 갚을 수가 없었다. 주지 스님의 딸이 아니었으니 당연히 상속받을 거액의 돈도 없었던 것이다. 그가 빌려 간 돈은 아마도 도박 자금으로 쓰였을 가능성이 높아 보인다면서 그렇게 방송은 끝났다.

'어떻게 저런 말에 속지' 싶어 헛웃음이 났다. 만약 내가 그 할머니를 실제로 만났다면 과연 그 거짓말을 믿었을까? 지금 마음 같아선 절대 아닐 것 같지만 할머니 역시 치밀하게 재력을 과시했다고 하니 쉽게 자신하진 못하겠다.

20년 가까이 검사 생활을 하고 《검사내전》(부키, 2018)을 쓴 김웅 전 검사는 이 책에서 대한민국을 '사기 공화국'이라고

칭한다. 사기 사건의 발생 빈도를 집계해보니 2분에 1건씩 사기가 벌어지는 셈이라는데, 사기를 쳐서 얻는 이득이 사기로 처벌받았을 때의 손해보나 훨씬 더 크단다.

그런데 그 수많은 거짓말에 넘어가는 피해자는 왜 존재할까? 왜 피해자로서 제대로 된 보상을 받지도 못하고 "속은 놈이 바보다"라는 말을 듣게 되는 것일까? 신체 언어 및 행동 심리 연구가 김형희 작가는 자신의 책《한국인의 거짓말》에서 그 이유를 피해자가 상식선 이상의 욕심을 부렸기 때문이라고 지적한다. 쉽게 큰돈을 벌고 싶은 욕심이 앞선 나머지 사기꾼의 거짓말을 믿고 싶은 대로 믿었던 탓이라는 것이다. 그러니 한 해 평균 24만 건의 사기 사건이 발생하고 매년 3조 원이 넘는 피해 금액이 발생하는 게 아닐까.

가해자와 피해자가 존재하는 거짓말 말고 삶을 더 나은 방향으로 이끄는 생산적인 거짓말을 생각해본다. 다른 사람을 배려하는 마음으로 하는 하얀 거짓말 말고 남에게 피해를 끼치지 않는 선에서 오직 내게 도움이 되는 거짓말 말이다. 세상에 그런 거짓말이 진짜 있을까? 나는 그 힌트를 한 연예인의 인터뷰 기사에서 찾았다. 못한다는 말을 하는 게

너무 싫다는 그 연예인은 무조건 할 줄 안다고 말한다고 했다. 만약 누가 운전할 줄 아느냐고 물으면 못해도 할 수 있다고 대답해놓고 바로 학원에 등록해서 운전면허를 딴다는 것이다. 그게 할 수 있는 일을 늘리는 그만의 비결인 셈이었다.

처음에는 뭐 이렇게 당당하게 거짓말을 하나 싶어 그 연예인이 좀 이상하게 느껴질 정도였다. 그런데 막상 내가 프리랜서가 되고 보니 그의 마음이 십분 이해가 갔다. 내가 못한다고 말할수록 일할 기회가 사라져버리니 일단 할 수 있다고 거짓말을 해놓고 그 능력을 갖추는 것도 방법이 될 수 있겠다 싶었다. 그래서 나 역시 이와 비슷한 거짓말을 한 적이 있다.

바로 네이버 오디오클립 채널의 시작이 그랬다. 개인 방송을 하고는 싶은데 어디서부터 어떻게 준비하면 좋을지 몰라 망설이고 있을 때였다. 네이버 오디오클립 측에 "다 할 수 있다"고 거짓말을 하며 〈정은길 아나운서의 돈말글〉 채널 개설을 제안했다. 녹음이나 편집 등 뭐 하나 아는 것도 없었으면서 거짓말을 한 것이다. 할 수 있을 때까지 기다리자니 그 기회를 잡을 수 없을 것만 같아서였다.

이후 나는 채널 개설의 기회를 얻었고 내가 한 거짓말에 책임지기 위해 짧은 시간 동안 녹음과 편집 과정을 독학으로 섭렵했다. 거짓말에 대한 책임감은 너무 막중한 것이어서 약속한 기한 내에 콘텐츠를 만들고 업로드를 하기까지 최선을 다하지 않을 수 없었다. 그 결과 2020년 2월까지 250개에 달하는 콘텐츠를 만들 수 있었다.

이제 내 채널에는 3만 명에 가까운 구독자가 생겼다. 구독자들은 자신의 블로그나 SNS에 내 채널을 언급하며 평소 즐겨 듣는다는 이야기를 해준다. 내가 다 할 수 있다고 거짓말을 하지 않았더라면 결코 들을 수 없었을 이야기일 것이다. 게다가 내 콘텐츠가 여러 사람들에게 알려지면서 돈, 말, 글을 주제로 한 이 책도 쓸 수 있게 됐다. 어떻게 보면 이 모두가 내게 도움이 되는 거짓말에서 시작된 셈이다.

거짓말이 나쁘기만 한 것이라면 이 세상에 존재할 이유가 없지 않았을까. 단 위험성이 큰 만큼 거짓말을 사용하는 데는 반드시 책임감이 따른다. 자신이 한 약속을 제대로 지킬 수 있다면 스스로의 능력을 조금 과장해서 말해도 되겠지만 할 수 있다고 말한 뒤 해내지 못하면 그냥 허언증 환자,

돈 말 글

거짓말쟁이로 남는다. 진짜로 할 수 있게 돼야 거짓말은 진실이 된다.

살면서 단 한 번의 거짓말도 안 할 자신이 없다면 차라리 책임감을 장착한 뒤 내게 도움이 되는 거짓말을 해보면 어떨까. 속은 사람도 바보가 되지 않고 속인 사람도 발전하게 되는 유일한 거짓말일 테니 말이다.

쓰고 싶지만 쓰지 못하는 나를 움직이는 법

③

내 안에 글 있다

○ ●

기본적으로 글을 쓴다는 것은 아무래도 자신의 경험, 생각 이런 거에서 많이 나오게 되는 것 같아요. 책을 보는 것도 내가 그 책을 쓴 저자의 생각을 100퍼센트 다 받아들인다기보다는 내 생각과 지난 경험에 비춰서 받아들이게 되는 거잖아요.

《실패를 모르는 멋진 문장들》(어크로스, 2017) 금정연 저자 인터뷰 중에서

돈 말 글

_____ 내가 아나운서로 처음 일을 시작한 방송국에는 방송 작가가 따로 없었다. 그래서 진행하는 모든 방송 프로그램의 대본을 직접 써야 했다. 기본적인 뉴스 기사 작성부터 초대 손님과 함께하는 인터뷰 프로그램, 행사나 축제 중계방송 등 종류도 다양했다. 그때그때 필요한 방송 대본을 고민 없이 최대한 빨리 쓱쓱 써야 했다.

다른 방송국으로 자리를 옮긴 후에도 방송 원고를 써야 할 일은 꽤 있었다. 아나운서부에서 제작하는 우리말 관련 프로그램은 물론이고 아나운서가 현장에 나가는 중계방송은 대본이 따로 없었다. 전부 직접 쓰고 말해야 했다.

글을 쓰는 삶을 생각해본 적은 없었다. 나는 그저 방송을 하고 싶었고 마이크 앞에서 말하는 게 좋았으며 사람들과 이야기를 나누는 게 즐거웠다. 그래서 아나운서가 된 것인데, 이상하게도 말하는 것만큼이나 글을 써야 할 일이 많았다.

비록 방송 원고이긴 하지만 글쓰기가 업무를 넘어 일상처럼 느껴질 무렵, 문득 하고 싶은 이야기가 떠올랐다. 내 주위 또래 친구들에게 "돈 좀 작작 써!"라는 이야기를 진지하게 해주고 싶었다. 월급이 들어오는 족족 카드사에 바치는 주위 사람들을 보고 "절약과 저축을 실천해야지!"라는 할머니 잔소리 같은 이야기를 왜 그렇게 해주고 싶었는지.

내가 스물아홉에 1억 원을 모은 비셜은 오직 절약과 저축이었다. 백 원, 천 원, 만 원 단위의 작은 돈까지 정말 지독히도 모았다. 어쩌면 이렇게 무식하고 우직했던 경험을 솔직하게 공유하고 싶었던 건지도 모르겠다. '내 이야기로 글을 쓴다면', '그 글이 책으로 나온다면 어떨까' 생각했다.

초여름을 향해가던 봄, 나는 진지하게 책을 써보자고 생각하고 같은 해 12월 말까지 책 계약을 하기로 마음먹었다(아무도 시킨 적은 없다). 그리고 본격적으로 글을 쓰기 시작했다. 책 원고가 어떤 형태인지도 몰랐지만 썼다. 썰렁하기 짝이 없던 블로그에 비밀 게시판을 만들어 틈날 때마다 쓰기도 하고 한글이나 워드 파일로도 저장해놓았다.

여기서 중요한 건 글을 쓰기 시작했다는 것이지, 그 글이 훌륭하다는 게 아니다. 대부분의 글이 그렇듯 첫 원고는 거칠고 투박했다. 가만히 있어도 땀이 줄줄 흐르던 여름을 지나 가을이 되자 전체 원고의 절반 분량이나 되는 글이 쌓였다.

나는 먼저 출판사 한 곳에만 원고를 보냈다. 순진하게도 그곳에서 안 된다는 답변을 받아야 다른 곳에 원고를 보낼

돈 말 글

수 있다고 생각했던 것이다. 하지만 아무리 기다려도 묵묵부답. 12월 안으로 계약을 해야 하는데 자꾸만 흐르는 시간 때문에 초조했다. 나중에는 '에라, 모르겠다' 하는 심정으로 여러 출판사에 원고를 뿌리는 수준으로 투고했다. '이래도 되나?' 싶었는데 원래 출판사 투고는 그렇게 해야 하는 거였다.

그렇게 투고를 한 지 2~3개월쯤 지났을까? 열 곳이 넘는 곳에서 다양한 이유로 거절을 당하다 드디어 한 출판사와 계약을 했다. 2012년 12월 28일이었다. 내 계획이 극적으로 이뤄졌다는 생각에 무척이나 설렜다. 곧 있으면 욕을 바가지로 먹을 걸 모르고. 내 책의 담당 편집자라고 자신을 소개한 사람은 초고에 대한 혹평을 쏟아냈다.

"잘 모르시는 것 같은데 '이런 걸'로는 책 못 내요. 책 한 권 추천해드릴 테니까 그 책 읽으시고 다시 이야기해요."

'저기요. 그쪽 사장님이 제 원고를 보고 오케이 하신 거거든요. 사장님이 직접 제 책을 계약하신 거거든요!'라는 외침은 내 마음속에서만 맴돌았다. 아무것도 모르는 첫 책 작가로서 나는 그저 "네"라고 대답할 수밖에.

내가 하고 싶은 이야기가, 내 생각과 경험이 이렇게 가치 없는 것이었나? 마음이 너무 안 좋았다. 이런 이야기를 들으려고 긴 시간 글쓰기와 사투를 벌인 게 아니었다. 이런 취급을 받자고 숱한 거절을 당하면서도 원고 투고를 멈추지 않았던 게 아니었다. 아무리 그래도 그렇지, 내 글을 두고 '이런 거'라고 하다니!

담당 편집자는 예의를 버렸지만 나는 그보다 나은 사람이고 싶었다. 마음을 다잡고 내 눈에는 상당히 별로였던 추천 책을 읽으며 원고를 수정했다. 내 이야기가 그의 말처럼 가치 없지는 않다고 생각했기에 힘을 낼 수 있었다. 원래 글이라는 건 저자의 생각과 경험이 기본 아니던가. 일상 이야기가 얼마나 의미 있는 소재와 주제가 될 수 있는데!

그렇게 원고에 애정을 배로 쏟아 담당 에디터에게 수정고를 보냈다. 그런데 아무런 답이 오질 않았다. 이메일과 문자를 보내도 연락이 없고 전화를 해도 받질 않았다. 책 출간을 빌미로 신종 사기가 생긴 건가 의심하며 출판사 사무실로 전화했더니 그가 퇴사했다는 뜻밖의 이야기를 해줬다.

나중에야 안 사실이지만 그 에디터는 갑작스러운 부서 이동에 불만이 컸고 하필이면 그때 할당된 업무가 내 원고였다고 한다. 나는 일종의 욕받이였던 셈이다. 뭐든 보이는

대로 파괴하고 싶었던 그에게 말 한마디 없이 가만히 당해주던 내가 얼마나 좋은 먹잇감이었을까. 만약 그때 경험과 생각을 담은 글이 소중하다는 생각을 하지 않고 그에게 휘둘리기만 했다면 책을 끝까지 완성할 수나 있었을까.

똥차 가고 벤츠 온다더니 그의 퇴사는 내게 큰 행운을 가져다줬다. 드디어 내 이야기의 가치를 제대로 알아봐 주는 편집자를 만날 수 있었기 때문이다. 새로운 에디터는 내 글의 장점을 크게 부각해줬고 덕분에 첫 책이 많은 독자들의 사랑을 받을 수 있었다.

어느새 시간이 흘러 아나운서보다 작가라고 불리는 데 더 익숙해진 나는 부쩍 글쓰기, 책 쓰기와 관련한 질문을 많이 받는다. '생계형 서평가'라고 스스로를 소개하는 금정연 작가는 책을 보는 것이나 글을 쓰는 것이나 자신의 경험과 생각에 비춰 이뤄진다고 했는데 내가 해줄 수 있는 가장 확실한 답변은 딱 두 가지다. 하나는 누가 내 글을 혹독하게 평가하면 그 사람에게 우환이 생긴 것이고, 다른 하나는 내 경험과 생각만큼 좋은 글쓰기의 재료는 없다는 것이다. 내가 쓰고 싶은 글은 오직 나로부터 시작된다.

의심은 나중에

○ ●

글을 쓸 때는 즐겁게 써야 하는데 '내가 한국 사람인데 한글 문장을 이 것밖에 못 쓰나' 하는 자책을 굳이 하실 필요가 없습니다. 글을 쓸 때 내가 나를 표현하는 악기를 배운다고 생각하시면 좋겠어요. 아니면 외 국어를 배운다고 생각하시면 '이런 표현도 가능하고 이렇게도 할 수 있구나' 싶으실 거예요. 돈 안 들이고 나를 표현할 수 있는 유일한 매 체잖아요, 글쓰기가. 너무 스트레스를 받지 않으면서 자신을 표현하시 려면 그런 생각으로 임하시는 게 더 낫지 않을까 싶습니다.

《내 문장이 그렇게 이상한가요?》(유유, 2016) 김정선 저자 인터뷰 중에서

돈 말 글

_____ 2016년 12월부터 지금까지 운영하고 있는 네이버 오디오클립 〈정은길 아나운서의 돈말글〉 채널은 매주 한 권씩 책을 소개하는 오디오 콘텐츠다. 매주 책을 읽고 콘텐츠를 제작하는 일은 결코 쉽지 않았지만 주 1회의 강제 독서는 정말 좋았다. 구독자와의 약속이 아니라면 나 역시 이렇게까지 규칙적으로 책을 읽지 못했을 텐데 자의든 타의든 자꾸 책을 읽으니 여러모로 도움이 됐다. 내 책을 쓸 때는 소재나 영감의 좋은 재료가 됐고 일을 하며 만나는 사람들과 대화를 나눌 때에도 훌륭한 화제 역할을 했다.

나는 강제 독서의 효과를 더 많은 사람들과 나누고 싶었다. 오프라인에서 만나 함께 책을 읽고 이야기한다면 더없이 좋은 시간이 될 것 같았다. 그래서 첫눈스피치 홈페이지와 내 블로그를 통해 '아주 특별한 독서 모임'을 알리고 사람들을 모았다.

모두 5명이 신청했고 우리는 3주에 한 번씩 한 권의 책을 읽고 의견을 나눴다. 단순히 수다를 떨다 돌아가는 자리가 되지 않도록 나는 어떤 이야기를 나누면 좋을지 미리 주제와 질문을 뽑아 갔다. 책 한 권을 끝까지 읽고 오는 게 힘들다는 사람도 있었지만 독서 모임 멤버들은 자신이 읽은 부분까지만 얘기하더라도 대화에 참여하는 걸 즐거워했다. 친구들과 나누는 일상 대화와는 다른 분위기가 자극을 준다는 의견도 있었다. 우리는 그렇게 총 3개월에 걸쳐 4권의 책을 읽고 한 분기를 끝냈다.

원래 나는 '아주 특별한 독서 모임'을 거기서 끝내려고 했다. 그런데 멤버들은 독서 모임이 지속되길 바랐다. 혼자 읽는 것보다 함께 읽고 대화하는 즐거움이 더 크다는 것이었다. 그렇게 다시 3개월간 두 번째 모임을 끝내고 나자 멤버들은 약속이나 한 듯 '책 쓰기 모임'을 하고 싶다고 목소리를 모았다.

멤버들은 책을 읽으며 '나도 이런 책을 써보고 싶다'는 생각이 들었다고 했다. 독서 모임을 하는 내내 내가 책 쓰는 과정을 지켜본 것도 영향을 준 듯했다. 하고 싶은 이야기만 있다면 얼마든지 글로 옮길 수 있다. 나 역시 하고 싶은 이야기를 써서 출판사에 직접 투고해 책을 출간한 사람이었다.

그렇게 '아주 특별한 독서 모임'은 '아주 특별한 책 쓰기 모임'으로 탈바꿈했다. 나는 기본적인 책 쓰기 과정 수업을 진

돈 말 글

행했고 멤버들은 자신이 쓰고 싶은 내용을 정리해나갔다.

이혼을 생각한 적이 있던 한 멤버는 남편과 거리를 두며 자기 자신에게 집중하자 삶이 달라진 이야기(남편과 거리를 두는 중입니다)를 꺼냈고, 또 다른 멤버는 미혼인 자신을 오피스 와이프처럼 생각하는 직장 내 유부남 동료들(오피스 와이프)에게 보내는 경고를 써보고 싶다고 했다. 눈코 뜰 새 없이 바쁘게 지내는 워킹맘은 스스로를 잃지 않기 위해 시작한 독서가 바꾼 삶의 태도(책 읽는 엄마)를, 남편과 함께 자영업을 하며 아이 둘을 키우는 멤버는 암 투병을 했던 엄마와 함께 살며 겪은 가족 이야기(나의 동거인 관찰기)를 언급했다. 저마다의 색으로 반짝반짝 빛나는 스토리였다.

우리는 모일 때마다 책 쓰기 진도를 뺐다. 가제를 정했고 목차도 짰다. 이제 원고를 쓰기만 하면 됐다. 원고 수준이나 투고를 하는 방법은 나중 문제였다. 일단 글을 쓴 다음 시간을 두고 고치면서 완성도를 높이면 되니까. 그런데 원고를 쓰기 시작하자 멤버들이 영 속도를 내지 못했다. 자꾸만 자신의 글쓰기 실력을 의심하고 걱정하느라 머뭇거렸다. 실제 원고가 있어야 구체적인 가닥이 잡힐 텐데도 모임 때마다 글을 쓰는 게 어렵다는 말만 반복했다.

내가 책을 먼저 써보기는 했지만 그렇다고 빨간 펜 선생님은 아니었다. 멤버들이 자신의 이야기를 쓸 수 있게 조언해줄 수는 있어도 그들의 글을 뜯어고칠 수는 없었다. 누군가 일일이 수정해준다면 그건 그만의 글이 될 수 없다.

나는 멤버들의 책 쓰기 재료들이 글로 표현될 수 있게끔 여러 이야기를 해줬다. 첫 책을 쓸 때의 경험은 물론 자기검열을 멈추고 일단 쓰라는 조언, 무엇이든 구체적으로 쓰다 보면 생생한 글이 된다는 팁까지 글쓰기 동력을 잃지 않게 하려고 노력했다. 다행히 내 이야기가 통했는지 멤버들은 서서히 자신만의 글을 쌓아갔다. 그렇게 어느 정도 분량을 채운 뒤 중간 탈고를 하는 단계에 이르렀다.

내가 한 일은 원고가 전체적으로 하나의 주제를 향해가는지를 중점적으로 살피는 것이었다. 일단 하고 싶은 이야기를 자유롭게 널어둔 상태라 겹치는 이야기들을 정리하고 불필요한 내용은 걷어내고 좋은 부분은 확장하는 과정을 거쳐야 했다. 한동안 그 글만 붙들고 있던 사람 눈에는 잘 안 들어오는 방향성이 신기하게도 제3자의 눈에는 보이기도 한다. 나는 한 멤버의 원고를 읽고 코멘트를 달아 이메일로 피드백을 보냈다. 얼마 뒤 그가 이런 답장을 보냈다.

— 꼼꼼하게 써주신 피드백을 보니 너무 감동이었어요. 그런데 피드백을 보고 제 글에 대해 생각하다가 갑자기 어깨와 등에 담이 왔어요. 찌리릿. 저도 놀랐어요. 천천히 생각해보니 글을 잘 쓰고 싶은 마음이 무엇보다 컸나 봐요.

잘 쓰고 싶은 마음을 모르는 바는 아니지만 그렇다고 괴로움을 끌어안은 채 글을 쓸 필요는 없다. 자책하며 글을 쓴다고 해서 글에 대한 만족도가 올라가는 것도 아니다. 오늘은 이렇게도 써봤다가 내일은 저렇게도 써보는 다양한 시도를 즐겁게 하는 것만이 글이 쌓이는 비결이라는 걸 그에게 다시 전하는 수밖에.

글을 쓰고 싶은 욕구는 나를 표현하는 여러 방법 중 하나다. 《내 문장이 그렇게 이상한가요?》를 쓴 김정선 작가의 말처럼 글쓰기는 돈 한 푼 안 들이고 행할 수 있는 즐거운 순간이다. 그러니 글을 쓰고 싶은 모든 사람들이 그저 자신의 글쓰기 실력을 의심하지 않고 즐겼으면 좋겠다. 부끄럽게도 이런 글을 쓰고 있는 나조차 그 즐거움을 찾으려 노력하는 단계를 못 벗어났지만.

솔직해질 용기

○ ●

글쓰기에서 제일 중요한 것은 절실함을 끌어내는 거예요. 여러 가지
실험을 해봤는데 가장 효과가 빠르게 나타난 주제가 '나의 아킬레스
건'이었어요. 다르게 말하면 '나의 트라우마'를 써보라고 했을 때 곧
바로 반응이 왔어요. 이게 너무 쓰기 힘든 사람에게는 다른 주제를 줘
요. '나의 최고의 멘토'나 '내 인생에서 가장 행복했던 날' 등 좀 더 가
벼운 주제로. 그런 주제는 글이 다 비슷비슷해요. 천편일률적인 행복
인 거죠. 행복을 다른 빛깔로 쓰는 건 참 어려워요. 그런데 불행이나
상처를 나의 이야기로 쓰는 것은 오히려 자기 개성이 저절로 드러나
게 되거든요. 행복이나 아름다운 이야기를 개성 넘치게 쓰는 게 훨씬
더 어렵고요. 나의 상처를 나만의 빛깔로 쓰려면 본능적으로 솔직해
지면 돼요.

《월간 정여울 01. 똑똑》(천년의 상상, 2018) 정여울 저자 인터뷰 중에서

돈 말 글

＿＿＿＿＿＿ 2013년 첫 책을 낸 후 거의 1년에 한 권씩, 지금 이 책을 포함해 어느덧 여덟 권의 책을 출간했지만 사람들이 나를 '작가님'이라고 부를 때면 아직도 어색할 때가 있다. 앞에서도 말했듯이 작가라는 직업은 물론이고 글을 쓰고 책을 내는 삶을 살 게 되리라는 생각을 해본 적이 없었기 때문이다. 순전히 개인적인 이벤트 차원에서 냈던 첫 책이 감사하게도 분에 넘치는 사랑을 받았다. 이어 1년 동안 세계여행을 다녀온 후《나는 더 이상 여행을 미루지 않기로 했다》(다산3.0, 2015)를 출간했을 때도 작가가 돼서라기보다 여행을 다녀왔기에 할 수 있는 이야기라고만 생각했다. 계속 글을 쓰고 책을 낸다는 꿈은 여전히 꾸지 못했다.

글 쓰는 일을 진지하게 고민하기 시작한 건 한 출판사에서 세 번째 책을 써줄 수 있느냐는 의뢰를 받은 뒤였다. '내가 글을 쓰는 사람이 맞나?', '나는 과연 작가가 될 수 있을까?' 이 고민에 답을 해야만 계속 글을 쓸 수 있을 것 같았다. 고민 끝에 내가 찾은 답은 바로 '솔직함'이었다.

　내가 제안받은 세 번째 책의 주제는 재테크였다. 실용적인 팁도 팁이지만 단순히 돈 이야기만 하고 싶지는 않았다.

내가 돈을 왜 모으게 됐는지, 돈에 대한 가치관을 어떻게 갖게 됐는지, 돈을 대하는 태도는 어떻게 생기게 됐는지 등을 풀어내야 한다고 생각했다. 그래야 내가 하는 이야기에 진정성이 생길 것 같았다.

긴 고민 끝에 나는 세 번째 책《돈만 모으는 여자는 위험하다》(위즈덤하우스, 2016)를 통해 처음으로 부모님의 이혼 이야기를 꺼냈다. 읽는 사람에 따라서는 '그렇구나' 하고 쓱 지나갈 수 있는 내용이었겠지만 내게는 큰 용기가 필요한 일이었다.

대학교를 졸업할 때까지, 아니 직장 생활을 하는 동안에도 거의 하지 않은 이야기였다. 그러나 솔직한 글을 쓰기 위해 더는 숨길 수 없다고 생각했다. 더 정확히 말해 숨겨서는 안 된다고 판단했다. 나는 표면적인 정보만 나열하는 글은 쓰고 싶지 않았다. 나라는 사람에 대해, 내 생각에 대해 진솔하고 솔직하게 풀어놓지 않고서는 스스로를 작가라고 말하기 어려울 것 같았다.

내 트라우마, 내 아킬레스건을 글로 표현하고 나니 그때부터 작가라고 불리는 데에 대한 부담이 조금은 줄어든 기분이었다. 무엇보다 앞으로도 계속 글을 쓸 수 있을 것 같다

돈 말 글

는 마음이 들었다. 1년에 한 권씩 책을 낼 만큼 글쓰기를 계속할 수 있었던 것도 그런 이유 덕분이었다. 그리고 그 시간이 쌓일수록 솔직한 글을 쓰는 일에도 점점 더 용기가 났다.

솔직하게 책을 쓸 수 있게 되자 점차 다양한 글쓰기가 가능해졌다. 블로그에 글 하나 올리는 것도 부담스러워하던 나였지만 여러 주제를 소화해야 하는 칼럼과 섭외까지 병행하는 인터뷰 기사, 개인 방송 원고 등 글의 장르를 점차 확장할 수 있었다. 정여울 작가의 말처럼 좋은 글을 쓸 수 있는, 글쓰기를 잘할 수 있는 최고의 팁은 바로 내 약점을 솔직하게 드러내는 것이었다.

《싫다고 말해도 괜찮아》를 쓴 김진희 작가는 자신의 책에서 그동안 맺어온 관계의 어려움을 아주 솔직하게 써 내려간다. 친구, 남편, 친정 엄마, 시어머니까지 자신에게 상처 준 사람들과의 이야기를 조금도 감추지 않는다. 아주 가까운 사람과 겪었던 미묘한 갈등까지 전부 드러낼 정도였다. 그렇게 글을 쓰기까지 어려운 점은 없었을까?

실제로 그를 만나 직접 들은 집필 과정은 쉽지 않았던 듯했다. 김 작가는 자신의 상처와 고통을 글로 쓰기 위해 과거와 마주하는 시간을 보내야 했다. 글을 쓰는 데 쓴 시간에 비례해 눈물을 흘리는 시간도 늘어났는데, 책을 다 쓰고 니니 결국은 후련한 마음만 남았다고 한다. 하고 싶은 말을 숨기지 않고 쏟아낸 결과였다.

다시 말해 솔직한 글쓰기는 좋은 글을 쓰는 방법이기도 하지만 치유의 효과까지 발휘한다. 가슴속 상처를 꺼내 맑고 깨끗한 바람이 통하도록 환기해주는 것이다. 트라우마는 밝히기 전에는 고통스럽지만 일단 밝히고 나면 더는 두렵지 않게 되는 것인지도 모른다.

좀처럼 하기 어려운 이야기를 꽁꽁 묶어두기만 하면 논리적으로 설명하기 어려울 정도로 내용이 뒤엉켜버린다. 오랫동안 방치한 탓이다. 긴 시간 외면했기 때문에 힘든 감정의 실체를 제대로 파악하기도 쉽지 않다. 그러나 시간이 걸리더라도 솔직하게 털어놓기로 결심하고 글로 옮기다 보면 나중에는 제법 알아볼 수 있는 형체를 띤다. 좋은 글이 되는 순간이다.

한 유명한 작가가 사석에서 내게 이런 질문을 한 적이 있었다. "책이요, 직접 쓰신 거 맞아요?" 너무 당연한 사실을

물어 뭐라고 답해야 좋을지 몰랐던 기억이 난다. 불쾌했던 것도 사실이지만 나는 내 글이 대필을 의심할 정도로 괜찮았다고 생각하기로 했다. 그 비결이 궁금했던 거라면 내가 말해줄 수 있는 팁은 딱 하나다. 바로 '솔직하게 쓰기'다.

독자를 그려보는 일

글을 쓸 때 일기나 연애편지가 아니라면 '누가 봐줄 건가?' 하는 것을
깊이 생각할 필요가 있습니다. 출판사에서 편집자들이 책을 만들 때도
늘 고민하는 지점이 그런 것들이거든요.

《출판사에서 내 책 내는 법》(유유, 2018) 정상태 저자 인터뷰 중에서

_____ 말을 하는 직업만이 내 일이라고 생각하다가 글을 쓰며 돈을 벌게 된 이후 글 쓰는 일이 점점 좋아졌다. 그래서 글이라면 분야를 가리지 않고 써나갔다. 칼럼도 쓰고 직접 취재한 기사도 쓰고 네이버 포스트에서 스타 에디터로 활동하며 '짠테크' 콘텐츠도 발행하고 다음 카카오스토리에서는 여행을 주제로 한 글을 연재하기도 했다.

그렇게 새로운 분야의 글쓰기를 찾고 또 찾다 '대필' 작업을 떠올렸다. 아나운서로 활동하며 숱한 인터뷰를 진행한 경험도 있고 내 책을 여러 권 쓰며 책 쓰기 프로세스를 알고 있으니 재밌게 작업할 수 있겠다는 생각이 들었다. 그래서 주위 사람들에게 대필 작업에 관심이 있다는 이야기를 두루두루 하고 다녔다.

그러다 우연한 기회에 첫 작업을 시작할 수 있게 됐다. 마침 내 관심 분야기도 한 '안과' 콘텐츠였다(평소 눈이 약한 나는 눈 건강에 관심이 상당하다). 대학 병원 교수이자 의사 선생님이 '노안'을 테마로 쓴 대중서라고 했다. 대필이 어떤 작업인지 궁금했던 나는 그 일을 덜컥 수락하고 고스트 라이터로서의 첫발을 내디뎠다.

취재를 위한 인터뷰를 여러 차례 진행한 후 녹음 파일을 녹취록으로 풀고 책의 형태를 만들기 위해 목차를 짜고 원고를 쓰는 일은 생각보다 할 만하면서 생각보다 어려웠다. 특히 매끄러울 거라 생각했던 인터뷰가 의외로 힘들었다. 이미 정해진 콘텐츠가 있으니 일목요연하게 말씀해주실 줄 알았는데 만날 때마다 생각나는 대로 이야기를 하셔서 주제별로 코멘트를 정리하는 일이 보통이 아니었다. 게다가 전문 지식이 필요한 부분도 있어 공부에 할애해야 하는 시간도 상당했다.

그래도 그 작업이 얼추 마무리되니 원고를 작성하는 데는 그리 오래 걸리지 않았다. 집필 초반에는 원저자의 말투와 생각에 빙의하려고 노력하는 게 조금 어색했지만 분위기가 잡힌 후로는 비교적 수월하게 진도가 나갔다. 그렇게 대필 작업에 착수한 지 2~3개월 만에 책이 출간됐다.

고스트 라이터로 참여해 첫 작업을 마친 소감은 '나쁘지 않다'였다. 다음에 또 해도 재밌을 것 같았다. 새로운 글쓰기 경험이라서 그런지 힘들고 어렵다기보다 신선한 작업이었다는 느낌이 더 컸다.

돈 말 글

첫 대필 책이 출간되고 딱 2년 뒤, 나는 8개월 동안 무려 네 권의 추가 대필 작업을 쉬지 않고 연달아 진행했다. 인터뷰할 대상도, 책의 주제도 다채로웠다. 내가 맡은 작업들은 죄다 출간 일정이 급박해서 인터뷰 착수부터 책 출간까지 고작 2~3개월밖에 걸리지 않았다. 나 때문에 출간 일정에 차질이 생겨선 안 된다는 마음으로 모든 마감을 칼같이 지켰다. 작업을 거듭하면서 노하우가 생긴 덕분이기도 하지만 끼니도 거르고 잠도 못 자면서 대필 원고를 썼다.

그렇게 총 다섯 권의 대필을 마치고서 결심했다. 앞으로는 대필 작업을 하지 않겠다고. 딱 두 번째 작업까지만 '재미'를 느낄 수 있었고 이후 작업들은 결코 마음이 편하지 않았다. 두 권까지는 글쓰기에 몰입한 작업이었다면 나머지 세 권은 그 책을 읽을 독자들이 떠올랐기 때문이다. 독자를 속이는 일에 내가 기여했다는 사실에 못내 마음이 불편했다.

유명한 사람들의 경우 시간이 없다는 이유로 대필 작가를 고용하기도 한다는 걸 아는 독자도 많다고 한다. 그렇다면 아예 처음부터 솔직하게 '누가 말하고 누가 썼다'고 명시하면 안 될까. 실제로 《배민다움》(북스톤, 2016)이라는 책은 한양대학교 홍성태 교수가 김봉진 대표와 내화를 나누며 정리한 내용을 담은 책이다. 저자는 당연히 홍성태 교수다. 원저자가 반드시 작가로 명시돼야 한다면 대필을 한 사람은 '엮은이' 정도로 드러나도 되지 않을까 싶다. '내가 쓴 글이다'라고 외치고 싶은 게 아니다. 굳이 독자를 속이면서까지 고스트 라이터를 두어야 할 이유를 모르겠는 까닭이다.

한 출판 편집자는 대필 작가가 힘들어하는 이유를 마라톤에 비유하기도 했다. 마라톤에 참가한 건 대필 작가인데 콘텐츠를 제공한 사람이 대신 뛴 연기를 하니 직접 뛴 사람으로서 온전한 성취감을 느끼기 어렵다는 것이다. 그래서 그는 대필 시스템을 지금처럼 음성적으로 운영할 게 아니라 아예 양지로 끌어올려 독자에게 솔직히 밝히는 것이 바람직하다는 의견을 피력하기도 했다.

그의 말도 일리가 있다고 생각한다. 어떤 저자는 대필 작가를 고용해 책을 출간해놓고 자신의 이름을 건 책 쓰기 수업을 진행하기도 한단다. 또 출판사에서 대필 작가를 붙여줘야 자신의 명성을 인정해준다고 생각하는 사람도 있다고 한다. "요즘 누가 직접 책을 써요?"라고 아무렇지 않게 되묻

는다는 것이다.

고스트 라이터로서의 내 활동은 순전히 새로운 영역을 확장하기 위한 경험이었다. 인터뷰와 책 쓰기를 결합한 일을 잘해낼 수 있을 거란 자신감도 있었다. 하지만 이런 의도와 달리 내가 떳떳하지 못한 글을 쓴다는 기분을 외면할 수 없었다.

누가 내 글을 읽어줄 것인가를 떠올린다면 솔직해지지 않을 수가 없다. 나는 글을 쓸 때마다 항상 내 글을 읽어줄 독자를 마음에 담아둔다. 그런데 대필을 하는 중에는 그게 잘 안 됐다. 오래도록 좋은 글을 쓰고 싶은 나로서는 독자가 그려지지 않는 과정이 꽤나 힘들었던 것 같다.

이제는 아무리 다양한 글을 쓴다 해도 남의 이야기를 숨어서 대신 쓰는 글만은 제외하려고 한다. 내 글을 읽어줄 독자를 마음에 담은 상태로 언제까지고 솔직한 글을 쓰고 싶기 때문이다.

낯설게 하기

○ ●

저는 어떤 도시를 갔을 때나 어떤 사람과 대화를 하는 과정에서 갑자기 불시에 드는 묘한 느낌들, 설명할 수 없는 정서 같은 걸 받을 때가 있거든요. 그런 것들이 올 때 이 감정의 정체가 뭐지? 한번 짚어보게 되면서 그것을 따라가다 보면 거기에 어떤 원인이 있더라고요. 제가 받았던 묘한 느낌들이 '이래서 느껴졌구나' 하는 부분이 있는데 그런 것들이 이야기가 되는 경우가 저는 좀 많았던 것 같아요.

《당신처럼 나도 외로워서》(세종서적, 2015) 김현성 저자 인터뷰 중에서

돈 말 글

_____ 2020년 초 전 세계 모든 사람들의 여행은 코로나19에 발목이 잡혀 올스톱 됐다. 나 역시 예정대로라면 3월에 몰디브를 다녀왔어야 하지만 비행기는 취소됐고 몰디브는 한국을 입국 금지 국가 명단에 포함시켰다. 나중엔 선별적 입국 금지로 방침을 바꾸긴 했지만 무리해서 갈 수는 없어 이미 결제까지 끝낸 숙소 이용을 한참 뒤로 미뤄둔 상태다.

따져보니 마지막으로 여행을 간 게 2019년 1월이었다. 사원의 나라 미얀마에 다녀왔다. 2013년부터 2014년까지 1년 동안 세계 여행을 하며 35개국을 가봤지만 그 이후에도 홍콩, 프랑스, 도미니카공화국, 노르웨이 등을 다니며 여행을 멈추지 않았다.

이쯤 되면 여행을 무척이나 좋아하나 보다 생각하는 사람도 있겠지만 나는 원래 여행을 좋아하지 않았다. 결혼 전에는 회사에서 여름휴가를 받아도 그냥 집에서 쉬었다. 짧은 시간 동안 큰돈을 써야 하는 여행보단 그 돈을 아껴 저축하는 게 더 좋았다.

세계 여행을 시작한 뒤에도 딱히 여행의 즐거움을 느끼지 못했다. 남편과 나 둘 다 퇴사하고 떠난 터라 수입도 없이 계속 돈만 쓰는 게 너무 낯설고 이상했기 때문이다. 여행 경비를 미리 준비하긴 했지만 대학교 3학년 때부터 돈 벌기를 쉬지 않았던 나는 벌지 않고 돈만 써야 하는 상황이 썩 마음에 들지 않았다.

이런 불만은 뜻밖에도 시간이 지날수록 머릿속이 바빠지면서 차차 잊게 됐다. 여행이 길어지자 평소 하지 않던 생각이 자꾸만 떠올랐고 그 생각을 글로 옮겨 적기 바빴던 것이다. 나는 여행 중에 하는 수많은 생각을 시간이 날 때마다 들고 간 노트북을 켜 기록했다. 책을 내준다는 곳이 있는 것도 아닌데 마감을 앞둔 사람처럼 글을 썼다. 일상의 미니멀리즘과 내게 집중하는 방법, 온전히 휴식하는 법, 낯선 사람과 대화를 시작하는 법 등 다양한 발상이 글이 됐다.

그때부터 나는 나를 하고 싶은 이야기가 많은 사람으로 만들어주는 여행이 좋아졌다. 돈과 시간이 많아서 여행을 떠나는 게 아니라 여행이 돈을 주고도 살 수 없는 '새로운 생각을 하는 나'와 마주할 수 있는 기회를 줬기 때문에 여행을 떠났다.

그런데 내 머릿속을 바쁘게 만든 수많은 생각이 어떻게 갑

돈 말 글

자기 봄날 벚꽃처럼 팡팡 터지게 됐을까. 바로 매일같이 낯선 환경에 놓인 덕분이었다. 여행 중인 나는 날마다 다른 곳에서 잠을 잤고 한 번도 먹어보지 못했던 음식들로 끼니를 해결했으며 생전 처음 보는 사람들과 익숙하지 않은 주제로 대화를 나눴다. 화폐도, 언어도, 집도, 풍경도 전부 새로운 것들뿐이었다. 조금이라도 익숙해질 만하면 이동하는 것이 여행이었다. 삶의 모든 것들이 낯설어지다 보니 당연하게 생각했던 것들이 달리 보이기 시작했다. 그러자 하고 싶은 이야기들이 내 안에서 쏟아져 나왔고 나는 그걸 글로 옮기며 여행을 계속했다.

실제로 장기 여행을 다녀온 뒤 마치 필수 코스처럼 책을 내는 사람들이 많아졌다. 여행지에서 따로 글쓰기 연습을 한 것도 아닐 텐데 책 한 권 분량의 원고를 뚝딱 쓴다. 글쓰기의 핵심은 '하고 싶은 이야기가 있느냐'인데 여행이 그 '하고 싶은 이야기'를 만들어주기 때문이다. 그래서 여행은 쉬는 것처럼 보여도 은근히 바쁘다.

원래 모든 사람들에게는 저마다 하고 싶은 이야기가 있다. 단지 반복되는 일상 때문에 할 이야기가 없다고 착각할 뿐이다. 날마다 같은 집에서 잠을 자고 같은 회사에 출근해 같은 동료들과 비슷한 이야기를 나누고 섬심 메뉴마저 익숙하다 못해 지겨운 음식을 먹는다. 하는 일도 크게 달라지지 않는다면 내 생각과 콘텐츠가 확장되기는 쉽지 않다. 그러니 날마다 새로운 환경에 나를 놓아두는 여행을 떠나서야 할 이야기가 마구 생겨나고 그 덕분에 한 줄도 쓰지 못했던 글이 탄력을 받는 것이다.

문제는 이야깃거리가 없어 진도가 안 나가는 글쓰기를 애먼 실력 부족으로 돌리는 일이다. 하고 싶은 이야기를 찾아야 하는데 괜히 글쓰기 기술을 배우겠다고 모임이나 학원에 나간다. 집에 돌아와 혼자 책상에 앉아도 쓸 수 있는 글은 없다. 여전히 무엇을 써야 할지 정하지 못한 탓이다.

《당신처럼 나도 외로워서》를 쓴 김현성 작가는 어떤 도시를 가거나 어떤 사람과 대화하는 과정에서 갑자기 묘한 느낌이 찾아올 때 글을 쓴다고 했다. 그의 말을 들으며 내가 떠올린 건 역시 '낯선 것들이 모두 글이 된다'는 생각이었다.

나는 여행을 통해 새로운 생각을 하는 나를 만났지만 그렇다고 하고 싶은 이야기를 찾기 위해 모두가 장기 여행을

돈 말 글

떠날 필요는 없다. 게다가 코로나19로 활동 범위가 좁아진 지금은 더욱더 나만의 낯선 환경을 발굴할 필요가 있다. 그저 낯선 환경에 나를 던져줄 수 있다면 그 어떤 선택도 괜찮다. 한 번도 가지 않았던 동네를 방문해보고 생전 처음 보는 음식도 먹어보고 만날 일 없는 사람도 노력해서 만나보고 알지 못하는 작가의 전시회도 가보는 등 평소의 나라면 하지 않을 행동을 해보는 것이다.

어렵게 생각할 필요 없이 기분 전환을 위해 미용실에 갔던 경험을 떠올려봐도 좋다. 헤어스타일만 바꿔도 기분이 달라지는 게 사람이다. 그러니 뭐라도 새로운 일을 찾아 시도해보자. 그게 바로 인생의 여행이자 글을 쓰고 싶게 만드는 순간이 될 수 있을 것이다.

내가 원하는 삶을 기록하는 법

자신의 꿈과 열망을 적는 행위는 '사업 개시' 간판을 내거는 것과 같다. 아니면 친구 일레인이 표현한 것처럼 모든 일이 잘될 것이라고 스스로에게 선포하는 것과 같다. 그러나 이러한 심리적인 효과 말고도 목표를 적는 행위는 무척 과학적인 면을 지니고 있다. 목표를 종이에 기록하는 것은 두뇌의 일부분인 망상 활성화 시스템을 자극하고 뇌의 그 특별한 시스템이 당신을 도와 목표를 이루게 하기 때문이다.

헨리에트 앤 클라우저, 《종이 위의 기적 쓰면 이루어진다》(한언출판사, 2016)
〈꿈을 실현시키는 기록의 힘〉 중에서

돈 말 글

_____ 요즘 한 케이블 채널에서는 1990년대 후반 인기 시트콤이었던 〈순풍산부인과〉 재방송을 해준다. 채널을 돌리다 발견하면 챙겨 보는데 최근에 본 정배라는 아이의 에피소드가 참 인상 깊었다. '열 번 찍어 안 넘어가는 나무 없다'는 속담을 말 그대로 믿어버린 정배가 무슨 일이든 열 번만 시도하면 다 할 수 있다고 말하며 행복해하는 내용이었다.

정배는 경찰에게 경찰차를 태워달라고 열 번을 조른 끝에 탑승했고 트럭에서 과일을 파는 아저씨에게 열 번을 치댄 후에 확성기를 빌렸다. 어느 사무실에 들어가서는 아이스크림을 달라고 열 번 조른 다음 잠시 들른 손님에게 아이스크림을 얻어먹기도 했다.

시트콤의 과장된 에피소드긴 하지만 생각해보면 실제로 같은 일을 열 번이나 시도하는 사람이 얼마나 될까 싶다. 처음부터 안 된다고 지레 단정 짓고는 몇 번 해보더니 '거봐, 안 된다니까'라고 금방 포기하기 일쑤다.

사실 정배처럼 대놓고 열 번이나 조르는 일은 현실적으로 어렵긴 하다. 대신 차선은 있다. 바로 내가 바라는 바를 종이에 글로 적는 것이다. 쓰면 이뤄진다는 메시지는 너무 뻔해서 식상할 정도로 널리 퍼져 있는데, 모르긴 해도 아직도 써보지 않은 사람이 꽤나 많을 것이다. 일단 한번 써보자. 다만 꿈을 종이에 적을 때는 주의할 점이 있단다. 바로 내 꿈을 이미 현실로 일어난 일처럼 기록해야 한다는 것이다.

── 유튜브를 시작하고 싶다. 3개월 만에 구독자가 1만 명이 됐으면 좋겠다. 내 콘텐츠를 좋아해주는 사람들과 소통하고 싶다.

이렇게 쓰는 꿈은 소용이 없다고 한다. 단순히 소망에 대한 기록일 뿐이다. 오히려 현재 내 모습과 괴리감이 느껴지면서 마음이 더 언짢아진다. 부족한 현실에 집중하게 되기 때문이다. 이와 달리 이런 꿈 메모는 어떤가.

── 나는 10만 구독자가 있는 유튜버. 무려 6개월 만에 벌어진 일이다. 내가 좋아하는 책을 소개했을 뿐인데 내 콘텐츠를 좋아해주는 사람들이 많아 깜짝 놀랐다. 이제는 라이브 방송을 하며 소통을 하자는 댓글이 많아졌다.

돈 말 글

이렇게 실제로 일어난 것처럼 내 꿈을 작성하면 좋단다. 이미 그 일이 현실이 된 것처럼 뇌가 작동해 마음가짐과 행동에도 변화가 생겨서라는데 솔직히 사실인지는 잘 모르겠다. 내 블로그의 비밀 게시판을 보면 실제로 일어난 일처럼 적어둔 꿈들이 여럿 있는데 이 글을 쓰면서 다시 읽어보니 이뤄지지 않은 것들이 상당수다.

이에 대해 '쓰면 이뤄진다'는 말을 하는 사람들은 또 다른 조건을 내건다. 매일 100번씩 100일을 쓰면 이뤄진다는 것이다. 그렇게 해서 꿈을 이뤘다는 간증 글도 여럿 봤다. 그래서 나도 100번을 써봤다. 100일을 다 채우진 못했는데 그래도 한 달 이상은 썼다. 그래도 내가 바라는 꿈이 이뤄지진 않았다. 100일을 지속하지 못해서 그렇다고 한다면 딱히 할 말은 없다.

나름 간절한 바람을 담아 이렇게도 써보고 저렇게도 써본 나로서는 '이렇게 쓰면 이뤄진다', '이 규칙을 지켜서 써야 한다'는 방법론 자체가 중요하진 않다고 본다. 가장 집중해야 하는 건 '내가 정말 원하는 것인가'다.

내가 100번씩 100일 동안 쓰는 걸 중간에 포기한 이유가 바로 이것이다. 쓰면 쓸수록 '이게 정말 내가 원하는 건가?' 싶은 마음이 들었다. '이렇게 되면 좋겠다'는 마음이긴 하지만 그게 내가 진정 원하는 것인지 알 수 없었다. 손으로 종이에 100번이나 꾹꾹 눌러 적을 때마다 그런 생각이 더욱 명확해졌다. 그래서 멈췄고 끝내 이뤄지지 않은 것 같다.

꿈을 적을 때 가장 중요한 건 진정성이다. 내가 정말 원하는 것이라면 적지 말라고 해도 쓰고 싶다. 말하지 말라고 해도 툭툭 튀어나온다. 모든 감각과 집중력이 그 목표를 향해 있다. 어떤 행동이나 결정을 해도 그 목표에 도움이 되는 방향으로 하게 된다. 그러니 꿈이 안 이뤄지기도 힘들 것 같다. 그게 《종이 위의 기적 쓰면 이루어진다》의 저자가 말한 '사업 개시' 간판일 것이다. 뇌의 스위치를 켜는 역할이다.

문제는 대다수의 사람들이 그렇게까지 원하는 꿈이 무엇인지 모른다는 것이다. 내가 이루지 못한 꿈들도 내가 원하는 것이 아니었던 것처럼 '사회적으로 좋아 보이는 것'과 '내가 진정 좋아하는 것'의 차이를 명확히 구분하기가 쉽지 않다. 그래서 내 진짜 꿈을 찾기 전까지는 남들이 좋다고 말하는 것을 이루기 위해 노력한다. 그 시간이 길어질수록 나만의

목표를 발견하지 못하게 될 수도 있다.

나는 이루고 싶은 꿈을 종이에 적기 전에, 그것도 100번씩 100일 동안 쓰기 전에 일기 쓰기를 권하고 싶다. 내가 진짜 무엇을 원하는지 그 답을 찾아가는 데 일기만 한 것도 없다. 자연스럽게 내 마음속 이야기를 쓰고 꼭 하고 싶었지만 삼켜야만 했던 말들도 쓰고 지나간 일들 중에서 아직도 내 발목을 붙잡고 있는 일들도 꺼내놓다 보면 내가 어떻게 살고 싶은지가 그려진다.

후회되는 일도 허심탄회하게 쓰다 보면 그때의 내게는 최선의 선택이었음을 알게 된다. 지금은 아는 것을 그때는 미처 알지 못했던 내가 그렇게 행동한 것이기에 후회할 필요도 없다. 나조차도 잘 모르는 나부터 찾아야 종이에 적어가면서까지 이루고 싶은 꿈도 찾을 수 있는 게 아닐까. 이루고 싶은 꿈보다 나를 아는 게 먼저다. 좋아 보이는 목표를 적는 것보다 내 진짜 마음을 적는 게 먼저다.

나라는 존재를 인정받는 길

사람에게는 생존을 위한 심리적 욕구가 있는데, 그게 바로 인정 욕구입니다. 내가 이 세상에 생존할 이유가 충분하다는 걸 확신하고 세상에 알리는 의미가 있는, 그것이 바로 인정 욕구고 인정 투쟁입니다. 인정을 받기 위해서 싸우는 투쟁인 거죠.

저는 책을 쓰는 일이 인정 욕구를 가장 건강하고 가장 생산적인 형태로 충족해나가는 것이라고 생각하거든요. 그래서 자신의 직업이 따로 있는데도 불구하고 책을 쓰는 분들이 주위에 있다면 격려해주시고 그 내용에 대해서 평가도 해주시고 더 나아가 자신도 용기를 내서 시도해보시고 그러면 어떨까 생각합니다.

김동식, 《세상에서 가장 약한 요괴》(요다, 2017)에 관한
김성신 출판평론가 인터뷰 중에서

돈 말 글

_____ 2017년 말 출간된 소설집 3권이 한겨울 출판 계를 뜨겁게 만들었다. 그 주인공은《회색 인간》,《세상에서 가장 약한 요괴》,《13일의 김남우》. 화제를 모은 건 이 작품을 쓴 김동식 작가였다. 그는 10년 동안 주물 공장에서 일한 노동자로 집안 사정 때문에 중학교도 그만두고 생계 전선에 뛰어들었다. 부산에서 서울로 올라와 공장에서 일하던 어느날, 아무 이유 없이 갑자기 글을 써보고 싶다는 생각이 들었다고 한다. 그리고 머릿속에 수없이 떠올렸던 이야기들을 '오늘의 유머' 공포 게시판에 올리기 시작했다. 잠깐 하다 만 일이 아니었다. 김 작가는 2016년부터 거의 매일 게시판에 글을 썼다. 3년 동안 무려 500여 편의 단편소설이 차곡차곡 쌓였다. 그중 66편을 추려 소설집 3권을 출간한 것이다. 김성신 출판평론가는 〈부품을 구하는 요괴〉라는 제목의 단편소설을 소개해줬는데 그 내용이 참 흥미로웠다.

── 인류 앞에 어느 날 갑자기 요괴가 나타납니다. 근데 이 요괴는 기계의 부품으로 쓸 인간이 필요하다면서 조건에 맞는 한 사람을 지구에서 납치해 갑니다. 사람들은 지구에 사는 수많은 인간들 중에서 요괴에게 잡혀가다니 진짜 재수

가 없다며 수군댔습니다. 요괴에게 붙잡혀 갔으니 분명 죽었을 거라고도 생각했습니다.

그런데 그날 저녁 납치됐던 사람이 다시 지구로 돌아왔습니다. 퇴근이랍니다. 요괴가 자기 부품으로 쓰다가 퇴근 시간이 되자 보내준 거예요. 심지어는 요괴의 부품으로 일을 했기 때문에 요괴가 대가로 금도 줬습니다. 요괴의 화폐가 금이었거든요. 그때부터 지구의 모든 사람들이 요괴의 부품이 되기를 원합니다.

김 평론가는 이 스토리가 노동에 대한 감각을 독자에게 일깨워주고 있다고 지적했다. 만약 작가가 누구인지 알리지 않고 작품만으로 평가를 받는다면 사회학자가 의도적으로 장르 소설 형식에 맞춰서 썼다는 말도 들을 수 있을 정도라는 것이다.

김 작가는 주물 공장 노동자라는 직업이 있는데도 어떻게 그렇게 꾸준히 글을 쓰는 삶을 병행할 수 있었을까?

그가 처음 게시판에 글을 올렸을 때 "작가님, 재미있어요!"라는 댓글을 남긴 사람이 있었다. 그때가 바로 '공장 노

동자 김동식'이 아닌 '작가 김동식'이 태어난 순간이었다. 댓글을 남긴 사람은 몰랐겠지만 그가 남긴 칭찬 한마디가 김 작가의 인정 욕구를 충족해줬다.

내가 쓴 글이 누군가에게 재밌다는 평가를 받는 그 기쁜 일을 김 작가는 멈출 이유가 없었다. 오랜 시간 응축해둔 글쓰기 에너지가 봇물 터지듯 폭발했다. 중학교 중퇴 후 글쓰기를 배운 적도 없었지만 많은 사람들이 그의 글을 인정해주면서 계속 쓸 힘을 얻을 수 있었던 것이다. 김 작가는 인터뷰를 통해 댓글을 달아준 모든 사람들이 자신의 글쓰기 스승이라고 밝히기도 했다. 처음엔 맞춤법도 엉망이고 문장도 엉성했지만 '꺄악'이라고 쓰지 말라거나 느낌표를 많이 찍지 말라는 댓글들을 보며 조언에 따라 수정하다 보니 글의 가독성이 높아졌다고 한다.

독자와 작가가 머리를 맞대고 함께 쓰는 글이라니! 독자 입장에서도 인정 욕구가 채워지는, 이 얼마나 아름다운 협업이란 말인가. 작가가 내 의견을 작품에 반영해준다면 나 역시 그 작가의 평생 팬이 되고 싶을 것 같다. 저자 역시 자신의 작품에 소중한 의견을 달아준 독자들의 모든 이야기가 자신에 대한 인정으로 여겨질 것이다. 새로운 글쓰기 방식의 탄생이라고 봐도 무방할 듯하다.

김 평론가가 언급했듯이 글쓰기는 내가 존재할 이유를 새롭게 찾는 기회가 될 수도 있다. 어떤 글을 써야 할지 모르겠다면 직업이 따로 있는데도 책을 쓴 사람들을 찾아보자. 대부분 자신이 하고 있는 일을 글로 썼다는 걸 확인할 수 있을 것이다. 김웅 전 검사는 생계형 검사인 자신의 이야기를 담은 《검사내전》을, 국가인권위원회에서 일하는 송시우 작가는 인권증진위원회 조사관을 주인공으로 한 《달리는 조사관》(시공사, 2015)을, 문유석 서울중앙지법 부장판사는 법정 스토리의 《미스 함무라비》(문학동네, 2016)를 썼다. 김동식 작가 역시 공장 노동자로 일하며 노동에 관한 소설을 상당히 많이 썼다.

어쩌면 내가 하는 일에 대해 글을 쓰는 이유 역시 또 다른 인정 욕구의 표현 아닐까 싶다. 조직의 구성원으로 매몰되지 않은 채 나라는 사람과 내가 하는 생각을 알리고 싶은 마음 말이다. 내가 쓴 글을 세상에 내놓고 그 글을 불특정 다수의 사람들이 읽어준다면 나라는 존재가 인정받는 길이 될 수 있으니까.

돈 말 글

나는 말과 글이 하나의 세트라고 생각한다. 말이냐 글이냐의 차이일 뿐 나를 드러내는 표현의 수단이라는 면에서는 똑같다. 많은 사람들 앞에서 말을 하는 것처럼 많은 사람들에게 읽히는 글을 쓰는 것도 좋은 일일 것이다. 게다가 내 글을 읽은 사람들에게 좋은 반응을 얻어 인정을 받는다면 그보다 더 행복한 일이 또 있을까.

그러니 글을 쓰고 싶다면 최대한 많은 사람들에게 공개해보자. 꼭 좋은 소리만 들을 순 없겠지만 김 작가처럼 피드백을 반영하며 완성하는 것도 무척 의미 있는 작업이 될 것이다. '가장 건강하고 생산적인 인정 투쟁은 책 쓰기'라는 김 평론가의 말이 귓가에 오래 남는다.

드라마 쓰기 딱 좋은 나이

○ ●

'쓰고 싶은 이야기'와 '잘 쓸 수 있는 이야기'는 다릅니다. '쓰고 싶은 이야기'부터 쓰는 게 아니라 '잘 쓸 수 있는 이야기'가 우선이죠. 잘 쓸 수 있는 이야기는 무엇일까요? 자기 삶의 현장 이야기입니다. 이게 어떻게 소설이 될까요? 있는 그대로 쓰는 건 안 됩니다. 이런 말씀을 드리고 싶어요. 소설은 썸이다. 또한 롤러코스터다. 이 두 가지만 생각하시면 소설이 되는 것 같아요.

최복현 외 3인, 《좌충우돌 유쾌한 소설쓰기》(양문, 2017) 최복현 저자 인터뷰 중에서

돈 말 글

_____ 2011년 손미나 전 아나운서가 소설을 발표했을 때 많이 놀랐다. 이미 여행 에세이로 베스트셀러 작가가 됐는데 갑자기 소설이라니! 소설을 쓰면서 참 힘들었다는 그의 인터뷰를 접하며 그 힘든 일을 왜 했을까 의아해하기도 했다.

2013년 첫 책을 낸 후 2020년 현재 여덟 번째 책을 쓰면서 문득 힘들게 썼다는 그의 소설이 떠올랐다. 마냥 의아했던 마음이 조금씩 이해되기 시작하면서 나도 이제는 나만의 이야기를 넘어 많은 사람들의 심금을 울릴 수 있는 스토리 창작을 해보고 싶은 마음이 들었기 때문이다.

어디서 배운 적은 없지만 나름 줄거리라 할 수 있는 시놉시스도 써보고 등장인물 소개와 이야기의 결말까지 완성했다. 한동안은 그 스토리만 붙들고 살았다. 그렇게 소설을 쓰고 싶다는 생각이 구체적으로 바뀔 때쯤 더 다양한 스토리 창작이 있지 않을까 궁금해졌다.

친한 출판 편집자가 웹소설을 추천하기에 틈만 나면 웹소설을 읽었다. 이혼을 원하는 황제에게 그까짓 이혼 뒤도 안 돌아보고 쿨하게 해주고는 일사천리로 자신도 재혼하는

《재혼 황후》는 며칠 만에 정주행했다. 웹소설은 유치할 것이란 편견이 있었는데 쉽게 읽히는 거 물론이고 계속 다음 편을 읽게 만드는 매력이 있었다. 미리 깔아둔 복선이나 떡밥을 적절한 때 회수하는 작가의 솜씨도 보통이 아니었다. 아니나 다를까, 이렇게 재밌는 《재혼 황후》는 이미 드라마 제작이 확정됐다고 한다.

또 팔로우하고 있는 인스타툰 작가가 드라마 작가를 준비한다기에 호기심이 일어 드라마 작가 지망생들이 모인 인터넷 카페에 들락날락하기도 했다. 그곳 게시판에는 공모전 소식이 가득했다. 합격한 사람들의 게시물이나 축하한다는 댓글을 보며 괜히 마음이 뭉클했다. 스터디 모임 소식도 있었고 작법서 추천이나 교육 기관 후기까지 다양한 내용을 접하다 보니 뭐라도 당장 쓰고 싶은 마음이 굴뚝같아졌다. 그래서 한국방송작가협회 교육원의 기초반 수업을 듣기 위해 면접을 신청했다.

새로운 분야에 도전한다는 생각이 오랜만에 내 마음을 설레게 만들었다. 나는 마음속에서 꿈틀대는 창작에 대한 작은 불씨를 여러 불쏘시개를 사용해 말 그대로 활활 타오르게 만들고 싶었다.

돈 말 글

내가 쓴 이야기를 많은 사람들이 읽고 같이 울고 웃어준다면, 내가 쓴 대사를 배우들이 연기하며 입체적으로 표현해준다면 얼마나 신나고 재밌을까. 내가 과연 그런 작업을 할 수 있을까. 할 수 있는지 없는지를 따지기 전에 그냥 닥치고 쓰고 싶었다.

"아이고, 드라마 쓰기 딱 좋은 나이에 오셨네요."
〈호랑이 선생님〉, 〈은실이〉, 〈TV소설 복희 누나〉 등을 집필한 이금림 작가가 한국방송작가협회 교육원 면접 자리에서 내 서류를 보자마자 건넨 말이었다. 사람들의 삶을 그리는 드라마를 쓰려면 인생 경험이 어느 정도 있는 나이가 좋다는 뜻이었다. 나이를 먹을수록 '뭔가를 새로 시작하기에 너무 늦은 게 아닐까' 하는 생각이 들게 마련인데 이금림 작가의 한마디는 천군만마를 얻은 기분을 선사하기에 충분했다.
　곰곰이 생각해보면 나는 원래 이야기를 좋아했다. 그 이야기를 더 많은 사람들에게 전해주고 싶어 아나운서가 된 것이었다. 방송국에서 일하는 동안 뉴스를 통해 각종 사건이나 사고 소식을 전달했고 각 분야의 전문가로 초대된 게스트를 인터뷰하며 그들과 시청자 사이의 가교 역할을 했다. 다만 전달자 입장에서 이야기를 할 때면 아쉬움이 남는 경우가 종종 있었다. 가령 대학 입시철 최고령 대학생이 탄생했다는 뉴스를 읽을 때면 그분의 인생 이야기가 궁금해지는 식이었다.

생각이 여기까지 미치자 이제 정말 스토리 창작을 해야겠다는 결심이 섰다. 도전의 결과까지는 모르겠고 일단 하고 싶은 일을 하고 싶은 마음뿐이었다. 모르는 것은 배워가면서 이야기들을 쏟아내고 싶었다.

최복현 작가는《좌충우돌 유쾌한 소설쓰기》란 책을 통해 누구나 자신이 속한 삶의 현장 이야기를 잘 쓸 수 있다고 말했다. 다만 현장의 이야기를 있는 그대로 풀지 말고 썸이나 롤러코스터를 탄다는 마음으로 변주하면 소설이 된다고 조언했다. 드라마로 치면 오해나 갈등이 점차 극적으로 치닫는 과정이라고 생각한다.

물론 그걸 아는 것과 실제로 쓸 수 있는 것은 천지 차이지만 그래도 모르고 못 쓰는 것보다는 낫기에 기꺼이 즐기며 시도해보려 한다. 은유 작가는《글쓰기의 최전선》(메멘토, 2015)이란 책에서 글을 쓰고 싶은 것과 글을 쓰는 것은 쥐며

돈 말 글

느리와 며느리의 차이처럼 완전히 다른 차원의 세계라고 말하기도 했는데, 나는 이왕이면 쥐며느리보단 며느리가 되고 싶다. 가슴 설레는 새로운 도전을 하는 사람이 되고 싶다.

맞춤법이 뭐라고

○ ●

우리가 신용카드로 결제를 할 때 'ㅔ' 발음에 신용카드를 넣는다고 생각해보세요. 'ㅓ'와 'ㅣ' 사이에 신용카드를 넣어 긁을 수 있잖아요. 저는 그 방법으로 외웠어요. 그래서 상사에게 결재를 올릴 때는 'ㅐ'고 신용카드를 그어야 되니까 'ㅔ'라고 외웠습니다.

_____

이주윤, 《오빠를 위한 최소한의 맞춤법》(한빛비즈, 2016)
송지영 에디터 인터뷰 중에서

＿＿＿＿＿＿ 파주 운정 신도시에 살 때 운정역에서 경의중앙선을 타기 위해 자주 걷던 길이 있었다. 아무리 빨리 걸어도 역까지 족히 20분은 걸리고 아파트를 몇 단지씩 지나쳐야 하는 꽤 먼 거리였다. 마음이 급할 때는 더 멀게 느껴져 눈앞에 보이는 아파트가 아까 지나온 아파트 같은 그런 길이었다.

그런데 어느 틈엔가 못 보던 길이 생겼다. 아파트 단지를 돌아서 가야 하는 보도블록 대신 잔디밭을 통과하는 지름길이었다. 역까지 가는 거리를 조금이라도 단축하고 싶어 잔디밭을 가로질러 가는 사람들이 밟으면서 생긴 새로운 길이었다. 문득 예전에 본 MBC 드라마 〈다모〉가 생각났다. 더 정확히는 백성들을 위해 싸우던 남자 주인공의 대사였다.

— 한 사람이 다니고 두 사람이 다니고, 많은 사람들이 다니면 그것이 곧 길이 되는 법.

'원래'라는 것은 없다는 뜻으로 한 말이었다. 양반은 원래 그렇고 천민은 원래 그렇다는 게 말도 안 된다면서. 실제로 민심은 천심이라고, 백성들의 마음이 모이면 시대는 변화를 수용하는 쪽으로 응답해왔던 것 같다. 변화의 속도나 정도는 사람마다 다르게 느낄 테지만.

나는 특이하게도 그 변화를 '표준어'에서 느꼈다. 한 나라에서 공용어로 쓰는 규범으로서의 언어인 표준어는 시대에 따라 자꾸만 바뀐다. '자장면'이 표준어지만 너무 많은 사람들이 '짜장면'이라고 하자 '짜장면'도 표준어로 인정됐고 부정적인 표현에만 써야 하는 '너무' 역시 긍정적 표현에 남발되자 긍정적인 표현에도 쓸 수 있도록 허용됐다. 많은 사람이 다니면 그것이 곧 길이 되는 것처럼 표준어 역시 사람들이 많이 쓰는 표현을 점차 인정하는 쪽으로 바뀌는 것이다.

오랜 시간 표준어를 써야 하는 아나운서로 활동했으면서도 이런 우리말의 유연함이 나는 참 좋다. 시대를 반영한 신조어를 싣고 더는 쓰지 않는 단어를 없애는 것도 말이 살아 숨 쉬는 생명처럼 느껴지는 지점이다.

글도 말처럼 유연하게 살아가는 움직임을 보여준다. 맞춤법이나 표준어로는 틀린 표현이지만 문학적인 표현으로 인정해주는 식이다. '시적 허용'은 작가에게 자유로움을 선사하고 아름다운 문장을 탄생시키는 장치가 되기도 한다.

돈 말 글

그런데 나는 책 계약을 하고 전체 원고를 보내고 나면 종종 이런 피드백을 듣는다. 글이 좀 더 거칠었으면 좋겠다는 의견이다. 눈에 띄게 거슬리는 비문이나 맞춤법 오류가 없어 정갈한 느낌은 나는데 뭔가 밋밋하다는 것이다. 차라리 맞춤법도 틀리고 오탈자가 많아도 괜찮으니 다듬지 않은 원고를 써보라는 이야기를 듣고 생각이 많아진 적이 있다.

직업병이라면 직업병이다. 사람들의 대화에서 틀린 표현이 들리면 유난히 거슬리고(지적하진 않는다), 글에서도 띄어쓰기나 맞춤법이 잘못되면 일단 고치고 본다. 그러다 보니 내가 쓴 글에 그런 오류가 있으면 가만히 두고 볼 수가 없다. 하지만 여러 번 매끄럽게 문장을 고치는 윤문을 하고 나면 과감했던 표현들이 깎이고 깎여 그저 그렇게 변해갔다.

그래서 최근의 나는 일단 한번 쭉 쓴 원고를 다시 읽지 않고 보낸다. 아이디어와 글 전개 방식이 우선이고 틀린 문장은 나중에 고쳐도 늦지 않다고 생각하게 된 덕분이다. 맞춤법이 결코 사소한 문제는 아니지만 처음부터 우선해야 하는 작업으로 둔다면 글이 자유롭게 뻗어나가지 못한다.

내가 변한 것처럼 글을 쓰는 많은 사람들이 자신이 쓴 문장을 점검하는 자기 검열을 가장 늦게 했으면 좋겠다. 일단은 자유롭게 쭉쭉 썼으면 좋겠다. '결제'와 '결재'는 전혀 다른 뜻이지만 어느 쪽이 지금 내가 쓰려는 문장에 맞는 말인지를 찾다가 정작 문장의 팔딱이는 느낌을 쉽게 잃어버리지 않았으면 좋겠다. 영어 문법을 생각하다가 입도 못 떼는 사람과 엉터리 영어라도 내뱉고 나서 수정하는 사람 중 스피킹 실력이 느는 쪽은 당연히 후자다.

어차피 처음 쓴 글은 완성형이 아니다. 첫 글을 그대로 출판하는 경우는 거의 없다. 고치고 또 고치면서 점점 더 나은 방향을 찾는 과정을 반드시 거친다. 하지만 그 수정을 처음부터 병행하면 글쓰기 진도가 영 안 나간다. 일단 원고를 쌓는 '쓰기'가 '내용'이고 맞춤법 등의 '수정'이 '형식'이라면 내용부터 완성한 다음 형식을 갖추면 된다. 이 두 가지 순서를 바꾸면 내가 하고 싶은 말이 제대로 나오지 않을 확률이 크다. 내용이 아닌 형식에 치우치기 때문이다.

영화 〈가려진 시간〉을 보면 여자 주인공 수린이 자기만의 언어 표기를 만들어 교환 일기를 기록하는 장면이 나온다. 이 일기는 남자 주인공 성민이 멈춰진 시간 속에서 살아왔

돈 말 글

음을 증명하는 단서가 되기도 하는데, 암호에 가까운 노트를 보며 나는 엉뚱하게도 내가 쓰는 글을 무한히 자유롭게 표현해도 좋겠다는 생각을 했다. 그 자유로움이 내 글의 정체성을 증명해주는 단서가 될 지도 모르니 말이다.

문장은 짧게, 감동은 길게

○ ●

보통 글을 쓰다 보면 문장이 길어지는 경우가 많아요. 그런데 문장을 최대한 짧게 썼을 때, 짧은 문장들 사이에 접속사가 없어도 괜찮거든요. 문장이 짧으면 되게 힘 있게, 리듬 있게 나가요.

《서민적 글쓰기》(생각정원, 2015) 임주하 에디터 인터뷰 중에서

＿＿＿＿＿＿ 요즘 나는 tvN의 예능 프로그램 〈신박한 정리〉를 즐겨 본다. 연예인의 집을 정리해주는 방송인데 출연하는 게스트마다 비슷비슷한 말을 한다. "어머, 이게 여기 있었네?" 혹은 "다 꺼내놓고 보니까 짐이 정말 많네요" 같은 말이다.

버리지 않고 여기저기 쑤셔 넣은 짐들이 툭툭 튀어나오는 탓이다. 당연한 얘기지만 이렇게 쌓아둔 물건들은 제대로 사용할 수 없다. 제 역할을 하도록 자리를 마련해주지 않았기에 있는지도 모르는 존재 또는 집을 지저분하게 만드는 천덕꾸러기가 됐기 때문이다.

이 프로그램의 하이라이트는 짐 정리가 끝난 후다. 불필요한 짐을 싹 비워 여유가 생긴 공간에 쓸모 있는 물건의 배치를 끝내면 그야말로 환골탈태가 따로 없다. 완전히 새로운 집이 탄생하는 순간이다.

나는 이 방송을 보다가 '집 정리'와 '글쓰기' 사이의 공통점을 발견했다.

── 첫째, 불필요한 짐이 많을수록 집이 지저분하다.(집)

= 수식하는 말이 많거나 문장이 길수록 무슨 글인지 이해

하기 어렵다.(글)

둘째, 최소한의 짐이어야 물건을 잘 쓸 수 있다.(집)

= 간결한 문장일수록 메시지 전달이 명확해진다.(글)

셋째, 최적의 위치를 찾은 물건은 집을 돋보이게 한다.(집)

= 최적의 단어 조합이 명문을 만든다.(글)

불필요한 짐을 버리고 필요한 물건을 적절한 위치에 두어 훌륭한 공간을 만드는 작업은 쓸데없는 표현을 걷어내고 최적의 문장으로 글을 쓰는 것과 마찬가지 아닐까. 결론적으로 뭐가 많을수록 좋은 게 아니라는 것이다.

심플한 게 최고라는 진리는 세상 어디에든 적용된다. 색조를 덜어낼수록 예쁜 메이크업, 홈 버튼마저 사라진 스마트폰 디자인, 치렁치렁한 전선을 없앤 무선 제품 등은 과거와 비교했을 때 누가 봐도 세련됐다. 구차하게 이런저런 변명하지 않고 자신의 잘못을 인정하는 사과 역시 '심플한 게 최고'와 일맥상통하는 전략이다.

좋은 문장으로 구성된 글을 쓰고 싶다면 이 공식을 나의 글로 가져오면 된다. 기생충 박사로 유명한 서민 교수는 자신

돈 말 글

의 글쓰기 책을 통해 이런 메시지를 확실하게 던진다. 바로 '짧은 문장으로 쓰라'는 것이다. 짧은 문장일수록 힘이 있고 리듬감이 살아난다. 쓸 때는 부족한 것 같은데 막상 눈으로 읽거나 소리 내서 읽으면 깔끔하게 딱 떨어지는 것을 알 수 있다. 멋을 부리려고 꾸며주는 말을 자꾸 끌어다 쓸수록, 자연스러운 표현을 하고 싶다고 접속사나 부사를 주렁주렁 달수록 좋은 글과는 점점 멀어진다.

군이 설명할 필요가 없는 내용까지 구구절절 설명하는 사람을 가리켜 '설명충'이라고 한다(설명충이란 단어를 설명하는 나도 설명충인지 모르겠다). 긴 글이 지루하고 임팩트가 없는 이유는 자칫 텍스트판 설명충이 될 수 있기 때문이다.

'친절한 글'과 '불필요하게 긴 글'을 구별하기 위해서는 일단 쓰고 싶은 대로 써보고, 그 내용이 제대로 전달되는 선에서 최대한 간결하게 줄여보는 연습을 해야 한다. 간결하게 표현될 때까지 고민하는 시간이 길어질수록 좋은 문장이 나온다. 고민의 깊이가 담긴 짧은 문장만큼 좋은 글도 없다. 대표적인 예가 '시'다.

정현종 시인의 〈섬〉은 단 두 문장으로 이뤄진 작품이다. 그 문장 자체도 참 간결하다. 하지만 감동의 깊이만큼은 결코 얕지 않다. 정현종 시인은 이런저런 설명을 생략한 채 짧은 문장으로 메시지를 충분히 전달하고 있다.

이 단순한 문장을 만들기 위해 오랜 시간 고민하고 또 고민했을 것이다. 작품 해설에 따르면 섬은 사람들이 맺는 관계를 형상화하고 더 나아가 소통과 연대, 이를 통해 형성되는 신뢰와 공감의 가치를 떠올리게 한다고 한다. 따라서 그섬에 가고 싶다는 말은 공감과 유대에 대한 열망이라는 것이다. 과연 이런 주제를 단 두 문장으로 표현할 수 있는 사람이 몇이나 될까.

우리 모두가 갑자기 정현종 시인처럼 짧고 단순한 문장만으로 울림을 주는 좋은 글을 쓸 수는 없을 것이다. 그러나 이 훌륭한 짧은 작품을 통해 좋은 문장의 조건에 '간결함'이 포함된다는 것쯤은 확실히 알게 되지 않았나. 그러니 좋은 글을 쓰는 게 너무 어렵게 느껴진다면 깊이 고민하고 짧게 표현해보자. 적어도 마침표만 기다리며 하품하는 지루한 글은 안 되지 않을까.

돈 말 글

불필요한 짐을 버리고 필요한 물건을
적절한 위치에 두어 훌륭한 공간을 만드는 작업은
쓸데없는 표현을 걷어내고 최적의 문장으로
글을 쓰는 것과 마찬가지 아닐까.
결론적으로 뭐가 많을수록 좋은 게 아니라는 것이다.

당신의
'돈말글'은
무엇인가요?

처음 돈, 말, 글을 주제로 한 책을 읽고 그 내용을 다루는 콘텐츠를 제작하겠다고 생각할 때까지만 해도 몰랐다. 이 세 가지에 관한 책이 이토록 많을 줄은. 많은 사람들이 관심을 갖고 있는 분야라는 걸 어렴풋이 느끼고는 있었지만 실제로 서점에 가서 보니 출간된 책의 종수가 우리 집 고양이가 날리는 털의 양만큼이나 압도적이었다.

그걸 목격하고 나니 이런 인기 높은 주제를 의미 있는 하나의 카테고리로 묶고 싶어졌다. 내 경우 '말'을 하는 아나운서이자 '돈'이라는 콘텐츠로 '글'도 쓰는 작가라는 정의를 내릴 수 있었다. 내게도 돈과 말과 글이 있었던 것이다.

조금 더 생각을 확장해보니 세상 사람들 모두에게 자신만의 돈, 말, 글이 있을 것 같았다. 돈을 벌기 위해 일을 하고 사람들과 소통하기 위해 말을 하고 나를 표현하는 또 다른 수단으로 글을 쓰지 않는가. 이왕이면 이 세 가지 습관과 좋은 관계를 맺게 해주는 이야기를 나누고 싶었다.

그 결과 250편에 달하는 오디오 콘텐츠를 만들고 이제는 영상 콘텐츠로 제작 범위를 넓혔다. 그러다 보니 더 많은 사람들이 저마다의 돈, 말, 글을 찾길 바라는 마음도 더 커진다. 돈 때문에 어려움을 겪지 않았으면 싶고 당당하게 자신의 목소리를 냈으면 좋겠고 원하는 글을 부담 없이 쓰며 트라우마를 치유하고 생산의 즐거움을 느끼길 바란다.

　돈, 말, 글에 관한 책을 읽을 때면 이런 내 소망이 충분히 실현 가능하다는 생각이 든다. 우리 삶에 돈, 말, 글을 적용할 수 있도록 도움을 주는 책이 정말 많기 때문이다. 나는 그 책들을 골라 전해주는 메신저 역할을 지속하고 싶은 바람이 크다.

이제까지 제작한 돈, 말, 글 콘텐츠의 책들을 정리하며 얻은 소중한 메시지들 중 보석 같은 내용을 골라 나만의 언어로 바꾸는 글을 쓰면서 다시 한 번 돈, 말, 글이 얼마나 우리 삶에 소중한 습관인지를 깨달았다. 돈과 말과 글 없이는 삶의 균형을 제대로 잡기 힘들 것 같다는 '느낌'은 어느새 강한 '확신'으로 바뀌었다. 그래서 마지막으로 이 책을 읽은 당신에게 묻고 싶다.

　"당신의 돈, 말, 글은 무엇인가요?"

　이 질문에서 묻는 '무엇'은 바로 '건강한 관계'다. 돈, 말, 글과 건강한 관계를 맺을 수 있게 해주는 다양한 이야기를 전했으니 이제 그 내용을 각자의 삶으로 깊숙이 끌어들이는

돈　말　글

실천만이 남았다.

　돈과 말과 글과 어떤 관계를 맺느냐에 따라 우리 삶은 더 피곤해질 수도 있고 더 여유로워질 수도 있다. 지금껏 고생만 하면서 가시밭길을 걸어온 것 같다면 당장 그 길에서 내려오자. 고생 끝에 오는 건 낙이 아니라 골병일 수도 있다. 이 책이 당신 안의 돈, 말, 글을 발견하게 하고 돈, 말, 글과 제대로 된 관계를 맺게 해줬으면 좋겠다. 그렇게 새로운 꽃길로 삶의 방향을 틀길 바란다. 산뜻하고 가뿐하게!

그래도 괜찮은 오늘을 만드는 최소한의 습관
돈말글

제1판 1쇄 발행 | 2020년 9월 21일
제1판 2쇄 발행 | 2020년 11월 5일

지은이 | 정은길
펴낸이 | 손희식
펴낸곳 | 한국경제신문 한경BP
책임편집 | 최경민
저작권 | 백상아
홍보 | 서은실 · 이여진 · 박도현
마케팅 | 배한일 · 김규형
디자인 | 지소영
본문디자인 | 디자인 현

주소 | 서울특별시 중구 청파로 463
기획출판팀 | 02-3604-590, 584
영업마케팅팀 | 02-3604-595, 583   FAX | 02-3604-599
H | http://bp.hankyung.com   E | bp@hankyung.com
F | www.facebook.com/hankyungbp
등록 | 제 2-315(1967. 5. 15)

ISBN 978-89-475-4636-2 03810